Alexandra Cordes wurde 1935 in Bonn geboren, wo sie die Clara-Schumann-Schule besuchte und später ihre Dolmetscherprüfung in Englisch ablegte. Sie arbeitete hierauf als Journalistin für verschiedene Zeitschriften und schrieb 1958 ihr erstes Buch. Mit den Romanen, die sie seither veröffentlicht hat, ist sie eine der erfolgreichsten, meistgelesenen deutschen Autorinnen geworden. Seit einigen Jahren lebt sie mit ihrem Mann, dem Schriftsteller Michael Horbach, in Südfrankreich.

Außer dem vorliegenden Band sind von Alexandra Cordes
als Goldmann-Taschenbücher erschienen:

Die Buschärztin. Roman (3645)
Der Engel mit den schwarzen Flügeln. Roman (3868)
Haus der Träume. Roman (3703)
Ich will mit dir allein sein. Roman (3908)
Das Kind des anderen. Roman (3830)
Das Lied von Liebe und Tod. Roman (3898)
Saat der Sünde. Roman (3936)
Gefährliche Liebe. Roman (3969)
Wilde Freunde. Die Abenteuer des Rick Hardt (3524)

Die schönsten Weihnachtsgeschichten der Welt.
Herausgegeben von Alexandra Cordes (3510)

ALEXANDRA CORDES

Dunkle Nacht, heller Tag

Roman

Originalausgabe

Wilhelm Goldmann Verlag

1. Auflage Juni 1981 · 1.–40. Tsd.

Made in Germany

Lizenzausgabe mit Genehmigung des Schneekluth Verlages
Umschlagentwurf: Atelier Adolf & Angelika Bachmann, München
Umschlagfoto: Photofile, New York
Satz: IBV Lichtsatz KG, Berlin
Druck: Mohndruck Graphische Betriebe GmbH, Gütersloh
Verlagsnummer: 6307
Lektorat: Ria Schulte · Herstellung: Gisela Ernst
ISBN 3-442-06307-8

1

Es war nicht nur Sommer an der See, sondern auch in Köln. Tag um Tag brannte eine weiße, gleißende Sonne vom strahlendblauen Himmel, kletterte das Thermometer an die dreißig Grad.

Irmgard Jacobi verbrachte die meiste Zeit des Tages im Garten. Sie lockerte die ausgetrocknete Erde, wässerte die Blumen, deren Grün in der Hitze fahl verblich, beschnitt die Rosenstöcke, machte sich absichtlich soviel zu schaffen wie möglich, damit sie nicht zu denken brauchte, damit sie abends todmüde ins Bett fiel in dem stillen, leeren Haus, in dem selbst ihre Schritte gespenstisch klangen.

Ein paarmal dachte sie daran, nach Frankfurt zu fahren, zu ihrer Mutter. Aber sie verwarf den Gedanken gleich wieder.

Sie wollte keine Fragen. Wollte nicht hören: Was machen die Kinder? Mußte das sein, diese überstürzte Heirat von Monika? Und: Warum kommst du allein? Stimmt etwas mit Herbert nicht?

Von Monika und Gerd hatte Irmgard ein paar banale Postkarten erhalten: Uns geht's gut, Wetter ist prima, schade, daß wir schon bald nach Hause müssen. Grüße, Küsse und alles Gute...

Aber von Herbert kam nicht einmal eine Karte. Keine Zeile, kein Anruf – nichts.

Irmgard wartete darauf, war atemlos, wenn es klingelte, wenn der Postbote kam. Mit fliegenden Händen blätterte sie die Briefe durch, nur um jeden Tag aufs neue enttäuscht zu werden.

Einmal rief Martin an, wollte seinen Vater sprechen. Er schien verwundert, daß Herbert verreist war, und so fragte sie ihren Sohn nicht, ob er vielleicht mehr von seinem Vater wisse als sie. Manchmal vertrauten Väter ihren Söhnen mehr als der eigenen Frau.

Und dann kam jener Nachmittag, an dem sie diesen Besuch erhielt, mit dem sie ganz und gar nicht gerechnet hatte.

Schon am Mittag war es stickig schwül. Als Irmgard vom Einkaufen zurückkam, ließ sie das Netz in der Diele liegen, war zu müde, um es auszupacken, ging hinauf ins Schlafzimmer. Sie warf sich aufs Bett, so wie sie war, in dem hellblauen, dünnen Leinenkleid. Sie fiel sofort in Schlaf.

Sie schreckte auf, als die Türklingel ging. Ihr war, als werde sie aus ihrem traumlosen, erschöpften Schlaf wie aus einem Abgrund hochgeschleudert.

Sie richtete sich auf. Ihr Kleid war zerknittert und verkrumpelt. Sie strich den Rock glatt, aber es nützte nichts.

Vor dem Spiegel in der Garderobe richtete sie flüchtig ihr Haar, bemerkte zu ihrem Erstaunen, daß sie wieder im Schlaf geweint hatte. In der Diele lag noch das unausgepackte Einkaufsnetz vom Mittag. Ein Ei war aus der Tüte gerollt und zerbrochen, schwamm in einer trüben, glitschigen Pfütze auf dem Teppich. Es klingelte wieder.

Irmgard dachte eine Sekunde lang daran, einfach nicht zu öffnen. Wer sollte sie schon besuchen? Aber genausowenig, wie man widerstehen kann, den Hörer abzunehmen, wenn das Telefon läutet, so wenig konnte sie jetzt widerstehen, die Haustür zu öffnen.

Irmgard hatte mit niemandem gerechnet, am wenigsten aber mit Fräulein Marbach.

»Guten Tag, Frau Jacobi.« Die schmalen Lippen entblößten ein paar unnatürlich weiße Zähne in dem grauen Gesicht der Sekretärin ihres Mannes, die wie gewöhnlich ganz in Grau gekleidet war.

»Darf ich hereinkommen? Es ist ja sozusagen mein erster persönlicher Besuch seit zehn Jahren ... Ja, was soll ich sagen, ich kam gerade hier vorbei, und da dachte ich ...« Plappernder Schwall von ältlicher Stimme. Rasche, von Neugier getriebene Schritte, nicht abzuwehren; und sie war schon eingetreten, hatte ihren Hut abgenommen, den Mantel ausgezogen, alles an der Garderobe verstaut. Die Augen hatten flink und gierig die Diele umfaßt, alles registriert – das vergessene Einkaufsnetz, das ausgelaufene Ei, den Staub auf der Konsole, und natürlich sie selbst, in ihrem zerdrückten Kleid, mit unordentlichem Haar und geschwollenen Lidern.

Irmgard kam gar nicht zu Wort.

Fräulein Marbach saß schon in einem Sessel im Wohnzimmer. Sie hatte auch hier die gewisse Unordnung bemerkt, die sich so schnell einschleicht, wenn man einmal einen Tag lang nachlässig ist, und natürlich auch den benützten Cognacschwenker vom vergangenen Abend, die halbgeleerte Flasche, den gehäuft vollen Aschenbecher und den schalbitteren kalten Zigarettenrauch in dem ungelüfteten Raum.

»Die plötzliche Reise Ihres Gatten... Er erlaubt mir, jetzt schon um vier die Arbeit zu beenden... Natürlich wird es immer ein bißchen später, man ist ja schließlich pflichtbewußt... Aber Ihre Kinder sind doch auch nicht da... Schließlich kennt man ja die Einsamkeit...« Und so dachte das Fräulein Marbach, es sei die richtige Geste, wohl zu verstehen, eine freundschaftliche Geste, wenn sie Irmgard besuche. »Schließlich haben wir doch auch einmal zusammen gearbeitet. Ja, das waren noch Zeiten, nicht wahr? Schwere Jahre, die ersten nach der Währungsreform, aber auch schöne Jahre... Wir sind doch immer gut miteinander ausgekommen – im Vertrauen, Männer sind unberechenbar, nicht wahr?« Und wieder der gierige Blick aus den flinken Vogelaugen.

»Sie müssen mich bitte eine Minute entschuldigen«, sagte Irmgard und nützte eine Atempause des Fräulein Marbach aus. »Ich habe mich heute den ganzen Tag nicht wohl gefühlt. Ich möchte ein wenig aufräumen und mich frisch machen.«

»Aber natürlich«, erwiderte Fräulein Marbach. Sie war ganz mitfühlendes Verständnis. »Ich will Sie ja auch gar nicht stören. Wir haben ja Zeit...«

Irmgard nickte, sagte: »Jaja.« Sie öffnete die Fenster des Wohnzimmers weit, ließ die warme und doch schon ein wenig kühle Abendluft herein. Sie räumte die Cognacflasche und das Glas fort, nahm den Aschenbecher mit in die Küche.

Sie setzte Wasser für Kaffee auf, holte das Einkaufsnetz aus der Diele. Lief dann nach oben in ihr Schlafzimmer, zog sich um, wusch ihr Gesicht, puderte die Lider, zog die Lippen nach.

Hätte ich nur nicht aufgemacht, als es klingelte, dachte sie, die Marbach hat mir gerade gefehlt.

Aber jetzt war es zu spät. Jetzt mußte sie das Beste daraus machen, durfte sich keine Blöße geben.

Sie nahm das gute Kaffeegeschirr und füllte die Kristallschalen mit Konfekt und Keksen.

Während sie dies noch tat, fiel es ihr wie Schuppen von den Augen. Natürlich war Herberts Sekretärin nicht aus Mitgefühl gekommen, weil sie, Irmgard, allein war, sondern weil sie etwas wußte, etwas von Herbert, etwas, mit dem sie ihr einen Stich zu versetzen hoffte.

Vermutungen werden es sein, nicht mehr, dachte Irmgard; aber vielleicht ist ein Körnchen Wahrheit darin. Vielleicht bringt mich das weiter, vielleicht erfahre ich etwas, das es mir leichter macht, Herbert zu verstehen.

Als sie ins Wohnzimmer zurückkehrte, wirkte Irmgard wie immer: kühl in der Art, wie es blonde Frauen sehr oft tun, und selbstsicher, wie sie es immer gewesen war.

»Oh, Sie hätten sich aber nicht diese Mühe zu machen brauchen.« Fräulein Marbach errötete jedoch gerade darüber vor Freude, und in ihrem eifrigen, ungeschickten Bemühen, Irmgard die Gedecke abzunehmen, zerbrach sie eine Tasse des dünnen, weißen Porzellans.

»Oh, wie bin ich ungeschickt, es tut mir ja so leid...« Ihre Vogelaugen füllten sich mit Tränen.

»Aber ich bitte Sie«, sagte Irmgard, »das ist doch nicht schlimm.« Sie goß ruhig den Kaffee ein, schob der anderen die Konfektschale zu. Irmgard zündete sich eine Zigarette an, trank von ihrem Kaffee, lächelte freundlich, verzeihend, und hatte nun wirklich ihre Ruhe wiedergefunden. Auch wenn es nur eine äußerliche Ruhe war – sie gab ihr die Oberhand.

Bald ging auch das Geplapper wieder los, begann mit der wunderschönen, rührenden Hochzeit der Kinder. »Ja, so schnell geht das. Ehe man es sich versieht, sind sie schon erwachsen, die Kinder... Ach, was war Monika doch für ein reizendes kleines Mädchen – und nun zu denken, daß sie selbst schon bald... Oh, Verzeihung, sicher war das indiskret...?« Fräulein Marbach riß ihre Augen in falscher Bestürzung weit auf.

»Es wird sich nicht verheimlichen lassen, daß meine Tochter bald ein Baby bekommt«, sagte Irmgard ruhig. »Sie sind deshalb gar nicht indiskret.«

»Wirklich nicht? Ach, Sie sind zu freundlich, zu gütig, ja –« Und mit fast gackerndem Lachen: »Sie werden eine reizende Großmutter sein, noch selbst so jung und schön, daß man Ihnen ja fast die eigenen Kinder nicht glauben kann.«

»Mein Mann wird einen reizenden Großvater abgeben«, lächelte Irmgard.

»Oh – ja, natürlich! Ja, was ich noch sagen wollte...« Röte kam und ging auf den fahlen Wangen von Fräulein Marbach. Sie trank hastig ihre Tasse Kaffee leer, stopfte zwei Pralinen in den Mund.

Irmgard beobachtete sie kühl und sachlich. Jetzt würde die andere gleich beginnen, würde endlich von dem anfangen, was sie hergeführt hatte.

Fräulein Marbach schneuzte sich umständlich in ihr Batisttaschentuch, steckte es ebenso umständlich wieder in ihre Handtasche. Sie hielt die Lider gesenkt. Ihre Lippen bewegten sich ein paarmal.

»Sie sind so liebenswürdig«, sagte sie dann. »Sie sind so reizend zu mir. Sie haben es immer gut mit mir gemeint, und daher...« Sie verstummte, blickte jetzt starr vor sich auf irgendeinen Punkt auf dem Couchtisch.

Irmgard wartete schweigend.

»Und daher ist es meine Pflicht, Ihnen ein Geständnis zu

machen«, sagte Fräulein Marbach entschlossen.

Irmgard mußte den heftigen Wunsch, laut aufzulachen, unterdrücken. Sie spürte, wie ihre Wangenmuskeln zu zukken begannen.

»Ihr Mann betrügt Sie, Frau Jacobi!« Das war unverhüllt, und da war fast Triumph in der ältlichen Stimme.

»Sie überlegen ja genau, was Sie mir da erzählen?« fragte Irmgard, und jetzt war ihr nicht mehr zum Lachen zumute.

»Jawohl, Frau Jacobi. Es ist meine Pflicht...«

Nun ergoß sich alles, was diese ältliche Frau über Wochen und Monate mit geheimer und gefräßiger Neugier beobachtet, erspürt und erschnüffelt hatte.

Sie wählte jetzt ihre Worte nicht mehr. Sprach nicht mehr von ihrer Pflicht. Ließ sich hinreißen, all das angestaute Wissen über das so ungeheuerliche Benehmen von Herbert Jacobi – wie sie es nannte – mitzuteilen, herauszusprudeln, um das eigene, schlechte Gewissen ihrer heimlichen Tag- und Nachtträume um diesen Mann zu betäuben und ihre gefräßige Klatschsucht zu stillen, aus der ihr Leben bestand.

»Ihr Mann betrügt Sie schon seit Monaten, Frau Jacobi. Sozusagen vor meinen Augen. In dem Appartementhaus gegenüber von unseren Büros wohnt sie – ist natürlich jung und hat selbstverständlich keine Hemmungen, obwohl sie weiß, daß Ihr Mann verheiratet ist, obgleich sie ihn schon oft genug mit Monika gesehen haben muß. Sie hat auch schon im Büro angerufen – selten zwar, aber ich kenne ihre Stimme. Ich habe die Anrufe zuerst durchgestellt – schließlich bin ich ja nichts weiter als eine Sekretärin –, ich muß ja gehorchen. Aber ich habe dabei immer an Sie denken müssen... Sie haben mir so leid getan. Ich konnte mir denken, daß Sie nichts wissen, wo Sie doch hier draußen wohnen, so selten in die Stadt kommen. Nachmittags ist er immer zu ihr gegangen – zwischen drei und fünf –, und dieser Tage sogar morgens. Drei Stunden ist er bei ihr gewesen – drei Stunden –, stellen Sie sich vor. Kein Ehrgefühl hat ein solches Mädchen. Sie müßte sich schämen – ich schäme mich für dieses Mädchen. Mein Gott, Sie Ärmste, Sie haben nichts gewußt. Und als Ihr Mann abreiste, vor vier Tagen, habe ich es genau gesehen... Ihr Mann telefonierte – ich höre das ja immer, das Telefon klickt bei mir, wenn Ihr Mann von seinem Apparat aus selbst wählt. Eine Viertelstunde später verließ dieses Weib das Haus mit einem Köfferchen, stieg in ein Taxi. Dann sagte Ihr Mann zu mir, daß er verreisen müsse. Ich hielt es für meine Pflicht, wo Sie doch in letzter Zeit so viel Schweres erlebt haben – mit der Tochter und überhaupt –, ja, ich dachte, ich sage es Ihnen lieber, besser ich, als wenn jemand anderer es tut. Ach, es ist ja alles so furchtbar. Sie glauben nicht, wie leid Sie mir tun, meine liebe Frau Jacobi...« Und diesmal weinte das Fräulein Marbach wirklich, schluchzte herzzerbrechend in ihr Taschentuch.

Irmgard zündete sich eine frische Zigarette an.

»Trinken Sie noch einen Schluck Kaffee?« fragte sie dann.

Der graue Kopf fuhr hoch. Die geröteten Augen starrten sie verblüfft an.

»Vielleicht möchten Sie aber lieber einen Cognac?« Irmgard wunderte sich selbst, wie ruhig ihre Stimme war, daß ihre Hände nicht zitterten, daß sie nichts weiter spürte als Erleichterung, endlich zu wissen, woran sie war.

»Aber – Sie – Sie sagen gar nichts dazu?« stammelte Fräulein Marbach.

Es gelang Irmgard sogar, zu lächeln. »Ich habe nichts dazu zu sagen, Fräulein Marbach. Mein Mann weiß schon, was er tut. Manchmal ist es vielleicht für Außenstehende ein wenig schwierig, zu begreifen... Aber wie gesagt, mein Mann weiß, was er tut.«

»Ja – dann – ja dann...«

»Sie müssen mich jetzt entschuldigen«, sagte Irmgard. »Ich habe nämlich noch eine Verabredung in der Stadt. Verstehen Sie es nicht falsch, doch ich muß Sie leider bitten zu gehen.«

Fräulein Marbach stand auf. In ihren Augen flackerte es. Ihre Hände flatterten unruhig an ihren Seiten, befingerten ihre Handtasche, ihren Rock.

»Ich habe es gut mit Ihnen gemeint«, stammelte sie, »und ich hielt es für meine Pflicht, Ihnen Mitteilung zu machen, daß man Sie schändlich hintergeht.«

»Ihre Pflicht haben Sie getan«, sagte Irmgard, »und nun gehen Sie.«

Noch am gleichen Abend fuhr Irmgard in die Stadt. Sie trug ein dunkelgrünes Seidenkostüm, welches das Blond ihres Haares zu Silber bleichte. Sie hatte die Wimpern getuscht und die Augenbrauen nachgezogen. Sie wußte, daß sie sehr jung aussah, kaum älter, als Robert Honeck sie in Erinnerung haben würde.

Sie ließ das Taxi auf dem Ring halten und entlohnte den Chauffeur. Sie spürte die Blicke der Männer auf ihren langen, schlanken Beinen, als sie den breiten Bürgersteig entlangging, vorbei an den prunkvollen Geschäften, den offenen Eiscafés, deren Sonnensegel im leichten Abendwind flappten.

Robert Honeck war überrascht gewesen, als sie ihn anrief, erstaunt, aber auch erfreut – sie hatte es an seiner Stimme gehört.

»Natürlich kannst du kommen. Ich freue mich – wirklich! Übrigens, ich bin umgezogen.« Er hatte ihr das neue Appartementhaus am Ende des Rings beschrieben.

Nun stand sie davor, und neben der langen Reihe der Namensschilder war ein größeres aus Messing angebracht – Robert Honeck, Rechtsanwalt.

Irmgard klingelte. Der Türöffner summte. Sie trat ein, fuhr mit dem Aufzug bis zum achten Stock hoch.

Glatte, dunkle Holztüren, mattblinkende Türklinken.

Während sie noch nachsah, wo er wohnte, öffnete sich die mittlere Tür.

Robert Honeck streckte ihr beide Hände entgegen. »Irmgard, wie ich mich freue...«

Sie lächelte erst zögernd und dann ganz offen. »Ich freue mich auch.«

Er nahm ihr den grünen Seidenmantel ab, den sie über dem

Arm trug, führte sie in einen riesigen Raum, dessen Wände die Abendsonne in Purpur tauchte.

»Schön hast du's hier«, sagte Irmgard und meinte die wenigen, aber kostbaren Möbel; eine alte Barockkommode, flankiert von silbernen Kerzenleuchtern, eine breite, dunkelblau bespannte Couch, graue Sessel davor, ein paar Jagdstiche an den Wänden, alte Landkarten von Köln und dem Rheinland.

»Wie lange haben wir uns nicht mehr gesehen?« fragte er, während er ihr einen Sessel zurechtschob.

»Zehn Jahre«, schätzte sie. »Vielleicht auch mehr?«

Er sah sie an, und das Lächeln schwand aus seinen Mundwinkeln. Aber in seinen Augen war es noch, in diesen dunkelbraunen, vom vielen Lesen immer ein wenig entzündeten Augen.

»Du hast dich nicht verändert«, sagte er, »oder doch – zu deinem Vorteil.«

»Ich kann es brauchen, dies zu hören«, erwiderte sie mit ungewollter Bitterkeit. Dann wich sie schnell seinem Blick aus, fragte: »Kann ich irgend etwas zu trinken bekommen – bei dieser Hitze, weißt du?«

»Natürlich«, sagte er fast schuldbewußt und strich sich mit einer verlegenen Geste über das nicht mehr ganz volle, dunkle Haar. »Einen Gin Fizz, wie früher?«

»Ja, bitte«, sagte sie.

Es waren nicht viele Gin Fizz, die sie zusammen getrunken hatten, denn damals kam Herbert zurück, kurz nachdem sie Robert kennengelernt hatte. Er vertrat sie in einem Prozeß gegen die Maklerfirma, welche ihr die neuen Büros zu überhöhtem Honorar vermittelt hatte.

Damals war sie ein paarmal mit Robert ausgegangen, zuerst nur zum Mittagessen, wenn sie wegen des Prozesses etwas zu besprechen hatten, dann auch schon mal ins Theater und hinterher in eine kleine spanische Bar am Ring. Zwei-, dreimal waren sie dort gewesen, hatten bei Kerzenschein an rohbehauenen Holztischen gesessen, den schwermütigen Gitarrenklängen und den melancholischen spanischen Volksliedern gelauscht, die ein junger Mann sang, dessen Haut im Schein der Kerzen die Farbe von Oliven hatte. Sie erinnerte sich noch daran, als sei es gestern gewesen, aber sie hatte sofort aufgehört, Robert zu treffen, als Herbert zurückkam und ehe etwas Ernstes aus ihrer Bekanntschaft entstehen konnte.

»Auf dein Wohl«, sagte Robert und hob sein Glas.

»Trinkst du noch immer Bourbon?« fragte sie.

»Ja«, lächelte er, »du weißt doch, ich bin ziemlich konservativ.«

Robert reichte ihr die Dose mit den Zigaretten hinüber, gab ihr Feuer. Sie rauchten eine Weile lang schweigend, während sie es vermieden, sich anzusehen.

»Gibt es einen besonderen Grund für dein Kommen?« fragte er dann.

Diesmal sah sie ihn voll an. »Ja.«

»Willst du einen Rat von einem alten Freund oder einem Anwalt?«

»Von beiden ein bißchen«, sagte sie.

Er füllte ihr Glas erneut aus dem Mixbecher, wartete, bis sie getrunken hatte.

»Hat es mit dem Geschäft zu tun?« fragte er.

»Auch, aber in erster Linie mit Herbert, meinem Mann.«

Irmgard stand auf und trat zum Fenster. Sie blickte über die Dächer der Stadt, über die graubestaubten grünen Kronen der Bäume, welche die Allee säumten, nahm das ferne, dumpfe Brausen des Verkehrs wahr und von irgendwoher die gedämpften, zarten Töne eines Mozart-Menuetts.

Sie stützte die Hände auf das Fensterbrett.

»Ich glaube, mein Mann hat die Absicht, sich scheiden zu lassen«, sagte sie. »Es ist nie wieder so geworden, wie es einmal im Krieg war oder vorher. Aber vorher haben wir uns ja kaum gekannt, vorher, das waren ein paar Sommerwochen, ein paar Herbsttage – nicht mehr. Es ist meine Schuld, weniger die seine. Er hat zwar jetzt eine Freundin, aber ich kann es ihm noch nicht einmal übelnehmen, verstehst du?«

Sie schwieg eine Sekunde lang, suchte in Gedanken das zu

formulieren, was sie aussprechen wollte.

»Ich möchte eine Scheidung in gegenseitigem Einvernehmen«, sagte sie dann. »Wie lange dauert so etwas, und läßt es sich mit möglichst wenig Aufwand erledigen? Und bitte, würdest du mich vertreten?«

»Trinkst du noch etwas?« fragte Robert hinter ihr.

Sie wandte sich um, nickte.

Er kam mit dem gefüllten Glas zu ihr herüber.

»Eine Scheidung läßt sich ohne viel Aufhebens erledigen, wenn beide Partner es so wollen. Ich vertrete dich selbstverständlich«, sagte er.

»Aber?« fragte sie.

»Kein aber«, er schüttelte den Kopf, »nur – hast du es dir genau überlegt?«

»Ja, ich habe es mir überlegt.«

»Denkst du dabei auch an deine Kinder?«

»Ja«, erwiderte sie. »Ich denke an meine Kinder – aber mehr noch an Herbert und an mich selbst. Ich hab's zu spät gemerkt, verstehst du, daß ich mich verändert hatte, daß ich nicht wirklich zu ihm zurückfand. Jetzt... Er scheint glücklich zu sein mit dieser anderen. Und von sich aus würde Herbert niemals eine Scheidung einreichen, das weiß ich. Unsere Tochter hat gerade geheiratet«, fuhr sie fort, »sie mußte heiraten. Herbert hängt zu sehr an Monika, er würde ihr keine Scheidung von mir vorleben, aus Angst, daß es sie zu sehr treffen könnte.«

»Und du – du hast keine Angst davor?«

»Nein«, antwortete sie, »nicht, wenn die Scheidung von mir ausgeht. Ich war den Kindern zwar immer eine gute Mutter – das hoffe ich wenigstens. Aber Zärtlichkeit und Wärme, die haben sie immer bei ihrem Vater gefunden. Zu ihm sind sie gegangen, wenn sie einen Wunsch hatten, ihm haben sie gebeichtet, wenn sie etwas verbrochen hatten. Ich – ich habe da versagt. Ich war zu kühl, zu distanziert, vielleicht sogar zu streng. Und jetzt? Wenn Herbert und ich uns trennen, wenn es mein Wunsch ist, so werden sie ihren Vater nicht verlieren.

Sie werden ihn behalten, so wie er immer war. Und das ist das Wichtigste.«

»Aber du?« fragte Robert. »Was wirst du behalten?«

Sie hob in einer fast hilflosen Gebärde die Schultern. »Ich weiß nicht – vielleicht das Bewußtsein, etwas mit Anstand beendet zu haben?«

»Du bist die sonderbarste Frau, die ich je kennengelernt habe«, sagte er. »Wirklich, das klingt zwar banal, aber es stimmt. Wenn ich an die anderen Frauen denke, die sich scheiden lassen wollen...«

»Übernimmst du meinen Auftrag?« fragte sie.

Seine dunklen Augen blickten sie prüfend an. »Ja«, erwiderte er dann.

»Danke«, sagte Irmgard.

Sie ging zur Couch zurück, nahm ihre Handtasche und die Handschuhe auf. »Es war nett von dir, daß ich gleich zu dir kommen durfte.«

»Und jetzt willst du schon wieder gehen?«

Sie antwortete nicht.

»Ich habe mir den ganzen Abend für dich freigehalten. Wollen wir nicht irgendwohin zum Essen fahren?« bat er. »So wie damals?« Und schnell: »Bitte, versteh es nicht falsch, ich will nichts ausnützen...«

»Aber Robert«, sie lächelte ihn an, »das weiß ich doch. Gut, fahren wir zusammen zum Essen.«

Das Lokal, zu dem sie fuhren, lag unten am Rhein. In dem Fachwerkhaus schimmerte die kupferne Theke im Licht der rot-weißen Bauernampeln, die darüber hingen; draußen, im Garten, schwangen gläserne Lampions im Wind.

Während sie hier unter den Platanen saßen und die Spezialität des Hauses, grünen Flußaal in Kräutertunke, aßen, sich unterhielten über jene Zeit, kurz nach der Währungsreform, als sie sich kennengelernt hatten, wußte Irmgard, daß sie auf dem richtigen Wege war. Wußte sie, daß sie Herbert wenigstens eine Chance geben mußte, und dachte, vielleicht ist es auch eine Chance für mich, für ein neues Leben, heraus aus dem eingefahrenen Trott, aus dem alltäglichen Einerlei. Vielleicht, vielleicht...

Das Meer war ein gleißend grau-roter Metallspiegel, hinter dem die Sonne versank. Wind strich von See her über den Strand und brachte den Geruch nach Salz und Wasser und Sonne, aber auch gebrannten Mandeln und gesottenen Würstchen aus den offenen Verkaufsständen der Promenade mit hoch.

Herbert Jacobi hatte den Arm um Carlas Schultern gelegt. Sie standen auf dem schmalen Balkon ihres Hotelzimmers und blickten auf den Strand hinunter, der sich nun geleert hatte. Ein paar Männer in grauer Arbeitskleidung räumten die leeren Strandkörbe bis an die hohe Kaimauer zurück, um sie vor der Flut zu schützen, die gefräßig Stück für Stück des Strandes verschlang: bunte Papierfetzen, vergessenes Spielzeug, leere Eisbecher und all das, was die Horde sonnen- und badehungriger Feriengäste vergessen hatte.

»Es hat sich alles sehr verändert«, sagte Herbert, »und doch ist es das gleiche Knokke geblieben. Damals wie heute ständig zu viele Menschen – sieh nur, wie sie sich auf der Promenade drängeln...«

»Es ist zwanzig Jahre her, daß du hier warst, nicht wahr?« fragte Carla.

»Vierundzwanzig«, sagte er. Er blickte sie an. »Damals warst du kaum fünf Jahre alt. Ein kleines Mädchen mit riesigen schwarzen Augen, ja? Ich glaube, ich kann mir genau vorstellen, wie du aussahst. Schon damals immer ein bißchen zu ernst, alles genau wissen wollend?«

Carla hob seine Hand an ihre Wange, hielt sie dort fest.

»War es schön hier, damals, für dich?« fragte sie.

»Ja«, sagte er. »Es war meine erste Reise ins Ausland. Meine Eltern hatten sie mir für das bestandene Abitur geschenkt.«

»Warst du allein hier?« fragte sie.

»Ja, und ich blieb es auch. Obwohl ich mich in eine kleine

blonde Eisverkäuferin verliebte. Aber sie hatte einen Freund und wollte nichts von mir wissen. Ich hab' daraufhin mein ganzes Geld in Pernod angelegt. Am Ende der Promenade gab es eine kleine Bar. Dort war alles besonders billig, und dort ging ich jeden Abend hin. Die Hocker an der Theke waren aus Pferdesätteln gefertigt, und ich kam mir ungeheuer erwachsen vor, wenn ich dort saß und meinen Pernod trank, mit melancholischer Miene, versteht sich. Ich bildete mir ein, alle anwesenden Mädchen müßten sich in mich verlieben, weil ich doch so unglücklich aussah.« Er lachte leise vor sich hin.

»Ich glaube, ich habe mich in dich verliebt, weil du ein bißchen traurig aussahst«, sagte Carla langsam.

»Und jetzt«, fragte er, »wie sehe ich jetzt aus?«

Sie lächelte ihn an, legte ihm die Hand auf die Lippen. »Wir wollen es nicht zerreden – bitte.«

Carla löste sich aus seinen Armen und ging ins Zimmer zurück. Nach einer Weile folgte er und sah ihr zu, wie sie sich umzog. Sie tat es ohne Scheu und mit den gleitenden, graziösen Bewegungen, die er so sehr an ihr liebte.

»Weißt du was«, sagte er, »wir suchen diese kleine Bar, und wenn es sie noch gibt, trinken wir dort Pernod, wie ich es damals getan habe.«

»Fein«, sagte sie, »das wollen wir tun.«

Er nahm sie noch einmal in die Arme. Unter dem dünnen Stoff ihres Kleides konnte er die warme Haut ihres Rückens spüren.

»Macht es dir eigentlich wirklich Spaß, immer das zu tun, was ich will?« fragte er.

Sie legte den Kopf in den Nacken.

»Ja«, erwiderte sie ernst, »es ist doch das, was ich auch will.«

Er behielt ihre Hand in seiner, während sie hinunter in die Halle schritten.

Die Gespräche in dem hohen, dunkelgetäfelten Raum verstummten für den Bruchteil einer Sekunde, alle Augen wandten sich Carla zu, und Herbert spürte, daß es ihn mit unbändigem Stolz erfüllte, vor allem, weil sie selbst die bewundernden verlangenden und neidischen Blicke gar nicht wahrzunehmen schien.

Sie schlenderten über die Strandpromenade. Im bläulichen Schein der riesigen Bogenleuchten tanzten Tausende von Mücken, gingen Hunderte von lässigen Sommergästen spazieren. Die Frauen hatten ihre hübschesten und buntesten Sommerkleider angelegt. Weiche, pastellfarbene Wollstolas schmiegten sich um nackte gebräunte Schultern. In blaßgepuderten Gesichtern glänzten die Augen schräg und schwarz umrandet von Maskara. Die Männer trugen weiße, kragenoffene Hemden und legere Sommerjacketts. Sie alle hatten jenen zufrieden-blanken Gesichtsausdruck der Menschen, die ihre Ferien genießen.

Herbert und Carla fanden die Bar am Ende der Promenade. Vier ausgetretene Stufen führten hinunter in das dämmrige Lokal. Eine Drei-Mann-Band spielte die Moonlight-Serenade. Die Töne klangen silbern kühl durch den Raum. Und es war alles noch, wie es vor mehr als zwanzig Jahren gewesen war.

Abgewetzt und abgeschabt waren nun zwar die Sättel der Barhocker, und der Pferdekopf inmitten der bunten Flaschen sah mottenzerzaust und mit staubblinden Augen auf sie herunter.

»Zwei Pernod«, bestellte Herbert.

Der Wirt war ein junger Mann mit dem schmalen, knochigen Gesicht der Wallonen.

»Deux Pernods, Monsieur...«

Feucht beschlagene Gläser mit der milchig-gelben Flüssigkeit und dem scharfen Geruch nach Anis schob er ihnen hinüber. Sie hoben sie, sahen sich an und tranken.

Später tanzten sie auf dem winzigen Halbrund vor der Kapelle.

»Je ne regrette rien«, hauchte ein dunkelhäutiges Mädchen mit den feuchten Tieraugen der Halbasiatin in das Mikrofon.

Je ne regrette rien, dachte Herbert. Ich bereue nichts. Nicht, daß ich hierhergekommen bin ohne Irmgard, aber mit Carla – nicht, daß ich wenigstens für ein paar Tage, vielleicht eine Woche, alles vergessen will, mein Alltagsleben, die Kinder, das Geschäft, und auch Irmgard. Ich bereue es nicht, dachte er, auch wenn andere es als unmoralisch bezeichnen. Nur eine Woche mit Carla, nur ein paar Tage, in denen nichts zählt als sie und ich. Und es war eine seltsame Ahnung in ihm, daß es das einzige und erste und letzte Mal sein könnte, daß sie zusammen lebten, so wie er es sich für immer gewünscht hätte.

Je ne regrette rien, dachte auch Carla. Nichts bereue ich, gar nichts. Ich kann nicht anders. Mein Gott, wenn ich Herbert früher getroffen hätte, anders, wenn er nicht verheiratet gewesen wäre? Aber er ist verheiratet, und es ist alles ganz aussichtslos. Ich weiß es, gerade jetzt, wo das mit seiner Tochter passiert ist. Ich werde ihn verlieren. Er wird mich verlassen. Aber diese Tage will ich haben. Nur diese wenigen Tage. Und wenn es die letzten wären, die letzten und ersten, die uns allein gehören, alle Stunden der Tage und Nächte, nur uns, ihm und mir.

»Laß uns gehen«, sagte Herbert, und seine Stimme klang heiser.

Er führte sie von der Tanzfläche, bezahlte die Rechnung, wartete nicht auf das Wechselgeld.

Draußen war es kühl geworden, und nur noch den Geruch von Wasser und Salz brachte der Wind vom Meer mit.

Der Mond war aufgegangen, und er hing flach und orangerot über der glatten, glitzernden Fläche der See.

Sie schritten schnell und schweigsam die Strandpromenade entlang, tauchten aus dem Schatten in das Licht der hellerleuchteten Eingänge der Hotels und wieder zurück in das Dunkel der Nacht.

Und sie wußten nicht, daß in einem dieser Hotelgänge ein Mädchen sich umwandte, gerade, als sie vorüberschritten.

Ein Mädchen, das müde und schlecht gelaunt von der

Eisenbahnfahrt darauf wartete, daß man ihnen ein Zimmer zuwies. Ein Mädchen, das Monika Jacobi und seit einer Woche Monika Köhler hieß. Weder Herbert noch Carla hatten einen Blick dafür. Aber Monika sah sie.

»Das ist doch... Gerd, das ist doch mein Vater!« Monika war so verblüfft, daß sie wie erstarrt stehenblieb.

»Du siehst Gespenster«, sagte Gerd. »Wie soll dein Vater hierherkommen?«

»Bestimmt«, rief Monika, »er war es.« Damit lief sie hinaus. Die Glastür pendelte quietschend hinter ihr zu.

Monika lief ein paar Schritte hinter dem Mann und der jungen Frau her. Sah, wie sie in den Eingang eines anderen Hotels traten, und erkannte in diesem Augenblick ganz deutlich und ganz klar das Gesicht ihres Vaters.

2

»Das war mein Vater«, sagte Monika. »Das war bestimmt mein Vater.«

»Aber das ist doch Unsinn!« Gerd war zu ihr auf die nächtliche Strandpromenade getreten. Bleich schien das Licht der hohen Bogenlampen auf die leeren Bürgersteige. Wind hatte sich erhoben, wirbelte Papierfetzen, leere Eiswaffeln vor sich her, flappte ein Plakat von dem rot-weißgestrichenen Staketenzaun los, der das Straßencafé neben dem Hotel begrenzte. Dumpf und eintönig rauschte das Meer.

»Komm herein«, bat Gerd. »Es ist schon spät.«

»Ich hab' meinen Vater gesehen. Ganz bestimmt«, sagte Monika hartnäckig, immer noch verblüfft und verwundert.

»Er war auch nicht allein«, fuhr sie fort, »ein Mädchen mit schwarzem Haar war bei ihm. Er hielt ihre Hand. Sie gingen da hinten rein, ins Hotel Bellevue.«

Monika folgte Gerd nur zögernd in die Halle, schritt neben

ihm die breiten steinernen Stufen zur ersten Etage hoch.

Der Page brachte ihre Koffer ins Zimmer, steckte mit mürrisch verschlafenem Gesicht das Trinkgeld ein.

»Komisch«, sagte Monika, »ist doch wirklich komisch, nicht?«

»Wenn du tatsächlich glaubst, daß es dein Vater war, dann können wir ja morgen früh im Bellevue nachfragen«, schlug Gerd vor und begann sich auszuziehen.

»Er war mit einem Mädchen«, wiederholte Monika.

»Dein Vater mit einem Mädchen?« Gerd lachte. Er blickte in den Spiegel, während er seine Krawatte losband und sein Hemd aufknöpfte. »Weißt du, so wie dein Vater ist, so möchte ich mal werden«, fügte er hinzu. »Ich finde ihn einfach prima. Er ist – so anständig, und er weiß genau, was er will...«

Gerd wandte sich um. »Was sitzt du denn noch immer so da?« fragte er. »Zieh dich doch aus!«

»Ich hab' keine Lust«, sagte Monika. »Ich möchte rüberlaufen und nachsehen.«

»Morgen früh ist noch Zeit genug – sei doch nicht kindisch.« Gerd öffnete ihren Handkoffer, nahm seinen Schlafanzug heraus und warf Monika ihr Nachthemd zu. Sie fing es auf, begann jetzt auch, sich auszuziehen.

Gerd ging ins Bad, duschte.

Als er zurückkam, lag Monika schon in sich zusammengerollt in ihrem Bett. Er beugte sich über sie, lächelte, kam sich mit einemmal nach ihrem kindlichen Gehabe unerhört erwachsen vor.

Wie schnell sie doch etwas vergaß, wie schnell sie ein Problem einfach beiseite schob. Eben hatte sie sich noch über ihren Vater den Kopf zerbrochen, und jetzt schlief sie schon tief und fest...

Als Gerd am nächsten Morgen erwachte, war das Bett neben ihm leer. Er richtete sich, noch schlaftrunken, auf, rief: »Monika?«

Niemand antwortete.

Die Tür zum Bad stand auf, dort war sie auch nicht. Der Spiegel über dem Becken reflektierte den leeren, weißgekachelten Raum.

Gerd sah sich um, einer der Koffer war geöffnet, Kleider und Wäsche quollen heraus, unordentlich zur Seite geworfen von jemandem, der etwas suchte.

Monika mußte es eilig gehabt haben, sich anzuziehen.

Gerd stand auf. Er tappte zum Fenster, ließ die Blenden hochschnappen. Er öffnete die Flügel weit, lehnte sich hinaus.

Unter ihm, auf der Strandpromenade, liefen die ersten Sonnen- und Badehungrigen vorbei, in knappen Shorts die Mädchen, mit lang über dem Rücken herabhängendem Blond- oder Braunhaar, junge Männer in engen, ausgebleichten Nietenhosen und kragenoffenen Hemden. Im Strandcafé nebenan betätigte der Wirt kreischend die Winde, die das Sonnensegel ausrollte, ein Kellner kehrte flink und oberflächlich zwischen den weißlackierten Tischen den Abfall des vergangenen Tages fort. Weiter hinten, auf der Terrasse des Bellevue-Hotels erkannte Gerd Monikas blonden Haarschopf und neben ihr das gebräunte Profil ihres Vaters.

Eben brachte eine Serviererin das Frühstück, und Gerd konnte Monikas Gesicht voll sehen, als sie den Kopf wandte und mit dem Mädchen sprach.

Zwar war niemand bei Herbert Jacobi, außer seiner Tochter, keine schwarzhaarige junge Frau, von der Monika am vergangenen Abend gefaselt hatte, aber Gerd zögerte trotzdem, zu ihnen hinunterzugehen. Er ließ sich viel Zeit beim Anziehen, frühstückte auf dem Zimmer und packte ihre Koffer aus.

Sicherlich würde Monika ihn holen kommen, wenn alles in Ordnung war.

Gerade als Monika die Halle des Bellevue-Hotels betreten hatte und den brummig aussehenden Portier, dem noch der Schlaf in den Augenwinkeln hing, nach ihrem Vater fragte, kam Herbert Jacobi die Treppe herunter.

Er wollte seinen Augen nicht trauen. Er wollte es nicht glauben. Aber da stand Monika, in engen weißen langen Hosen und dem blaßblauen Bolero, den er noch selbst für sie ausgesucht hatte.

Herbert hörte ihre helle Stimme und verstand seinen Namen.

Ehe sie ihn entdeckt hatte, war er die Treppe hinaufgelaufen in sein Zimmer.

Carla war im Bad. Er hörte das Rauschen der Brause und darüber ihre Stimme, die irgendeine Melodie summte, fröhlich und doch mit jenem Unterton von Ernsthaftigkeit und vielleicht sogar unbewußter Traurigkeit, der immer in ihrer Stimme war.

Herbert schloß die Tür des Zimmers hinter sich ab, trat dann ins Bad.

Carla reckte sich unter dem prasselnden Strahl der Dusche, hob die Arme über den Kopf. Sekundenlang verharrte Herbert reglos, sah sie an, wollte sie immer so ansehen...

Sie spürte seinen Blick und wandte sich um.

»Oh«, sagte sie, »du hast mich beinahe erschreckt.« Aber dann lächelte sie, drehte den Hahn ab. Das Rauschen der Brause verstummte. Carla griff nach dem Badetuch, hüllte sich darin ein.

»Es ist etwas Unangenehmes eingetreten«, sagte Herbert.

»Ja?« fragte sie und sah ihn mit ihren großen Augen an.

»Meine Tochter ist hier – mit ihrem Mann. Weiß der Teufel, wieso sie ausgerechnet nach Knokke gekommen sind. Das Hotel in Scheveningen war noch bis kommenden Freitag für sie gebucht. Aber – wie dem auch sei, Monika ist unten. Ich bin gerade noch rechtzeitig gekommen, um zu verhindern, daß...«

»Daß ich nach unten komme«, sagte Carla. Sie begann ihr Haar vor dem Spiegel zu bürsten.

Er sah ihr einen Augenblick lang stumm zu.

»Was willst du tun?« fragte sie dann. Ihre Augen suchten

die seinen im Spiegel.

»Ich weiß es nicht«, erwiderte er.

»Geh und sprich mit ihr«, sagte sie.

Es klopfte an die Tür.

Sie schreckten beide zusammen.

»Das ist sie«, flüsterte Carla und wich in die Nische der Brause zurück.

»Ich komme so bald ich kann zurück, frühstücke bitte hier.«

Herbert schloß die Tür des Bads, sah sich im Zimmer um, stopfte schnell Carlas Kleider unter die Bettdecke, erkannte im gleichen Augenblick das Unsinnige seines Beginnens – es war doch ein Doppelzimmer. Was tat er, wenn er allein reiste, mit einem Doppelzimmer?

Es klopfte wieder an die Tür.

»Einen Augenblick«, rief Herbert, rückte vor dem Spiegel seine Krawatte zurecht, fuhr sich ganz unnötigerweise übers Haar.

Als er die Tür aufschloß, sie so öffnete, daß er dem Außenstehenden die Sicht ins Zimmer versperrte, fand er nur das Zimmermädchen dort.

»Monsieur, votre jeune fille... Ihre Tochter erwartet Sie auf der Terrasse.«

»Danke«, sagte Herbert. »Ich komme sofort.«

»Möchte Madame frühstücken?« fragte das Zimmermädchen.

»Sie wird Ihnen Bescheid sagen«, erwiderte Herbert.

Sein Gehirn war blank und leer, als er die Treppe hinunterschritt, das »Bonjour, Monsieur« des Portiers erwiderte, dann hinaus in den blendenden, prallen Sonnenschein trat. Er wußte nicht, was er tun und sagen sollte.

Monika spürte es sofort. Sie sah, sein Gesicht trug einen ähnlichen Ausdruck wie an jenem Tag, als sie ihm sagte, daß sie ein Kind erwarte.

»'n Morgen, Häschen«, lächelte Herbert, »das ist aber eine Überraschung!« Er nahm sie in den Arm und küßte sie auf beide Wangen.

»'n Morgen, Pappi«, sagte Monika.

»Frühstückst du mit mir?«

»Gern«, erwiderte sie.

Nicht mehr, nicht weniger – sie antwortete nur auf seine Fragen, blickte ihn an mit ihren blauen, prüfenden Kinderaugen, nahm neben ihm an dem weißlackierten Tisch auf der Terrasse Platz, wählte gleich ihm Orangensaft, ein weichgekochtes Ei und Toast zum Frühstück.

»Wieso seid ihr hier?« fragte Herbert und setzte seine Sonnenbrille auf, fühlte sich so abgeschirmt, geschützt gegen ihren wachsamen Blick.

»Du hast uns doch immer von Knokke erzählt, und da es gar nicht weit war und in Scheveningen so langweilig, sind wir eben hierhergekommen«, erzählte Monika.

»Feine Idee«, sagte er, »wirklich, das ist eine gelungene Überraschung.«

»Ja, nicht wahr?« fragte Monika.

Herbert wußte nicht, ob hinter dieser Frage eine versteckte Anspielung darauf lag, daß es für ihn gar keine gelungene Überraschung war, gar nicht angenehm, ja, überhaupt nicht, sondern peinlich und beunruhigend. Vor allem schmerzte es ihn für Carla. Wie sehr hatte sie sich auf diese Tage, die sie allein, nur sie beide, verbringen wollten, gefreut.

Das Frühstück wurde aufgetragen. Herbert trank eine Tasse Kaffee, rauchte dann seine erste Zigarette. Sah Monika zu, wie sie mit gesundem Appetit ihr Ei verspeiste.

»Was machst du hier?« fragte sie, zwischen zwei Bissen von ihrem Toast.

»Ich bin geschäftlich unterwegs.«

»Warum hast du Mammi nicht mitgenommen – bei dem schönen Wetter?« Und wieder blickten ihre Augen ihn prüfend an.

Es gelang ihm zu lächeln. »Es kam so überraschend, und Mammi fühlte sich nicht besonders wohl...«

»Aber Mammi ist doch nicht krank?« fragte Monika erstaunt.

»Es – war alles ein bißchen viel für sie in der letzten Zeit«, entgegnete er lahm.

»Willst du gar nichts essen?« fragte Monika. »Dein Ei ist bestimmt schon kalt.«

Sekundenlang amüsierte es Herbert, wie schnell Frauen, wenn sie einmal verheiratet waren – und waren sie auch noch so jung –, ein mütterliches Gehabe annahmen – laß dein Essen nicht kalt werden; du mußt ordentlich essen...

»Ich hab' nicht viel Appetit«, sagte er und bereute es sofort, denn Monika zog die Augenbrauen hoch – offensichtlich auch eine neue Angewohnheit. »Sonst magst du doch immer ein kräftiges Frühstück«, sagte sie erstaunt.

»Ja, schon«, erwiderte er, »aber ich hab' gestern ein bißchen viel gebechert, weißt du, und dann hat man keinen Hunger am Morgen.«

»Ich habe dich gestern abend gesehen«, sagte Monika. Sie stützte das Kinn in ihre Handflächen. »Auf der Promenade hab' ich dich gesehen. Daher weiß ich ja auch, daß du hier bist.«

»Irgendwo mußt du mich ja gesehen haben«, entgegnete er und versuchte, es scherzhaft klingen zu lassen. »Schließlich bist du keine Hellseherin.«

»Nein«, sagte sie, »das bin ich nicht.«

Sie nahm eine frische Scheibe Toast, träufelte Honig darauf.

»Ein Mädchen war bei dir«, sagte sie ganz nebenbei.

Herbert begann zu lachen. »Jetzt träumst du aber!«

Monika sah auf.

»Nein.« Sie schüttelte den Kopf. »Es war ein schwarzhaariges Mädchen, du hieltst sie bei der Hand, und du gingst mit ihr hier ins Hotel.«

»Du träumst wirklich«, sagte Herbert; etwas anderes fiel ihm nicht ein.

»Nein«, beharrte Monika. Sie hatte mit einemmal sehr viel Ähnlichkeit mit ihrer Mutter. Das Blau ihrer Iris wirkte wie ausgewaschen, als sie ihn ansah, so wie bei Irmgard, wenn diese hartnäckig etwas behauptete.

»Ich habe dich genau gesehen«, wiederholte Monika, »und das Mädchen auch.«

»Wenn du es so fest behauptest, muß es ja stimmen«, sagte Herbert hilflos. »Und du hast sogar recht. Ich habe eine junge Dame, die ebenfalls in diesem Hotel wohnt, hierher begleitet. Wir waren zufällig in der gleichen Bar.« Er lachte, aber es gelang ihm nicht so ganz. »Ich hatte ein bißchen viel getrunken, weißt du, da vergißt man schon mal was.«

»Aber der Portier sagte, Madame und Monsieur schlafen noch.«

»Häschen, diesmal lügst du aber wirklich. Das kann der Portier gar nicht gesagt haben, oder du mußt dich verhört haben.«

Es gelang Herbert, dies mit so viel ruhiger Überzeugung zu erwidern, daß Monika es glaubte.

»Na gut«, sie zuckte die Schultern, »dann hab' ich mich eben verhört.«

»Wo ist eigentlich dein Gerd?« fragte Herbert, um sie abzulenken.

»Der schläft noch.«

»Willst du ihm nicht sagen, daß ich hier bin?«

»Ja, gleich, wenn ich mit dem Frühstück fertig bin.« Monika aß mit unvermindertem Appetit weiter, und Herbert bereitete es Mühe, dem zuzusehen, ihrem Geplapper standzuhalten, unverfänglich zu antworten.

Sein Hemd war naß von Schweiß, als er endlich in sein Hotelzimmer zu Carla zurückkehrte.

»Wie war es?« fragte sie.

»Grausam.«

Herbert zog sein Hemd aus, warf es aufs Bett. »In einer Stunde muß ich sie am Strand treffen.«

»Ja«, sagte Carla.

»Willst du mitkommen?«

»Nein.« Sie zündete zwei Zigaretten an, kam zu ihm herüber, gab ihm eine. »Geh allein mit den Kindern«, bat sie. »Wir sehen uns ja am Abend.«

»Wir haben ein Pech«, sagte er, »ein verfluchtes Pech!« Er strich über ihre weiche Wange. »Und wir hatten uns so darauf gefreut...«

Carla nickte stumm.

»Es tut mir so leid«, sagte er, »aber ich kann es nicht ändern. Du weißt es... Jetzt noch nicht.«

Um elf Uhr ging Herbert mit Monika und Gerd hinunter zum Strand. Sie schwammen, picknickten zu Mittag, aalten sich im Sand, ließen sich von der Sonne bräunen, bis es schließlich Zeit zum Abendessen war.

»Können wir nicht in dein Hotel kommen, Pappi?« fragte Monika.

»Ich esse heute abend nichts mehr«, erwiderte er. »Ich bin so hundemüde, ich geh' gleich ins Bett.«

»Na ja, wenn du nicht willst.« Monika zog einen Schmollmund. »Ich hab' gedacht, du führst uns heute abend aus.«

»Morgen, Häschen«, versprach er; »ich bleib' dir zuliebe noch einen Tag länger, als ich wollte.«

Endlich gab sich Monika zufrieden, endlich gingen sie. Sekundenlang sah Herbert ihnen nach, dann betrat er das Bellevue. Er lief die Treppe hinauf.

Und in der Sekunde, als er das Zimmer betrat, in diesem gleichen Augenblick, noch ehe er in das Kofferspind gesehen hatte, wußte er, daß Carla fort war, wußte es, noch ehe er bemerkt hatte, daß ihr Mantel fehlte.

Auf dem Nachttisch lag ein Brief. Er riß den Umschlag auf.

»Lieber, ich fahre zurück. Es ist besser so. Ich möchte Dir keine Ungelegenheiten bereiten. Carla«

Herbert setzte sich auf das Bett. Fühlte sich mit einemmal müde, alt, erschöpft, fühlte all das, was einen überfällt, wenn einen das trifft, was man zu allerletzt erwartet hat.

Carla, dachte er. Carla – nur dieses eine Wort.

Und dann: Sie hat mich verlassen. Jetzt ist es endgültig.

Jetzt gibt es kein Zurück mehr. Jetzt nicht mehr. Nie mehr.

Es war, als brenne der Brief in seinen Händen. Er knüllte ihn zusammen, strich ihn wieder glatt, las ihn noch einmal, legte ihn dann aus der Hand.

Lange Zeit lag er auf dem Bett, ohne sich zu rühren, rauchte, starrte auf das Fenster, hinter dem die Sonne in einem feurigen Strahlenkranz unterging.

Er wußte nur eins: Es war vorbei. Es war vorbei, ehe es richtig begonnen hatte, so wie er es gewünscht hätte von dieser seiner einzigen, seiner letzten, allerletzten Liebe.

Irmgard lag hinter dem Haus in einem Liegestuhl auf dem Rasen. Der Himmel hatte sich mit schweren, schwarzen Wolken bezogen, es war sehr warm, schwül, stickig und beklemmend windstill.

Sie hatte das Buch aus der Hand gelegt und die Arme im Nacken verschränkt. Sie konnte sich nicht konzentrieren, hatte keine Lust zu lesen.

Ich sollte mal ins Kino gehen oder Robert wieder anrufen, dachte sie. Ich sollte irgend etwas tun, bloß nicht die Tage so vertrödeln.

Leere Tage, ungewisse Tage, obwohl sie ihre Entscheidung getroffen hatte, obwohl sie entschlossen war, Herbert zu verlassen, neu zu beginnen, ein neues Leben.

Aber wie, wo und was?

Es war leichter gesagt als getan.

Gut, sie konnte nach Frankfurt zurückkehren zu ihrer Mutter, wieder als Sekretärin arbeiten.

Oder nach München ziehen, nach Hamburg. Sie konnte tun, was sie wollte. Sie brauchte auch nicht gleich zu arbeiten anfangen. Sie hatte ja ihr eigenes Konto. Das würde gut und gern für ein ganzes Jahr reichen.

Dieses eigene Konto hatte Herbert ihr eingerichtet, als er aus der Gefangenschaft zurückgekehrt war und das Geschäft wieder übernahm. Er hatte den Gewinn ihrer Abschlüsse auf das Konto überschreiben lassen.

»Du hast dafür gearbeitet, du hast es also auch verdient«, hatte er damals gesagt und selbst praktisch mit nichts angefangen, ohne jedes Kapital.

»Herbert.« Sie sagte seinen Namen vor sich hin, und während sie es noch tat, merkte sie, daß sie ihn anders aussprach, so wie schon lange nicht mehr, so wie vor den kühlen, mageren Jahren ihrer Ehe, so wie damals, als sie noch fast so jung war wie Monika, als sie ihn kennenlernte, als sie sich in ihn verliebte.

Zu spät, dachte sie, viel zu spät. Ich hätte eher dahin zurückfinden müssen. Damals, als er kam, in seiner dunkelbraunen Uniform, das POW auf dem Rücken, das Gesicht ausgemergelt, die Füße dick von Wasser, da habe ich diesen Ton nicht gefunden, da habe ich nicht so »Herbert« gesagt.

Das Klappern der hochschnappenden Garagentür unterbrach Irmgards Gedanken.

Sie hatte keinen Wagen kommen hören, aber jetzt vernahm sie das Aufbrummen eines Motors, dann das Rutschen der Reifen auf der Kieszufahrt. Und gleich darauf hörte sie die Stimmen.

»Mutti, Mammi«, rief Monika, und dann Gerd, der etwas fragte, und Herbert, der antwortete.

Herbert und die Kinder – sie lag regungslos. Herbert und die Kinder, mein Gott, ich hab' ihm unrecht getan... Dieses Fräulein Marbach... Meine eigene Unsicherheit... Herbert kommt mit den Kindern zurück. Aber dann war er ja nicht mit einer anderen fort – dann kann es ja gar nicht wahr sein!

Irmgard sprang auf.

»Mammi!« rief Monika und stand plötzlich in der Terrassentür.

»Kind!« Irmgard preßte ihre Tochter an sich. »Ich bin ja so froh, daß ihr wieder da seid!« Sie lachte und weinte und merkte es nicht einmal.

»So lange sind wir doch gar nicht fort gewesen«, sagte Gerd und ließ es sich lächelnd gefallen, daß Irmgard auch ihn umarmte.

»Es waren ja nur zwei Wochen«, rief Monika.

»Nur«, lachte Irmgard, »ihr sagt nur...«

»Guten Tag, Irmgard«, sagte Herbert.

Sie wandte sich um, warf sich ihm entgegen, in einer einzigen, wilden, schutzsuchenden Bewegung, klammerte sich an ihn, preßte sich an ihn.

»Herbert«, flüsterte sie, »Herbert.«

Seine Hände strichen über ihren Rücken. Er küßte sie auf die Wange, dann schob er sie sanft von sich.

Irmgard sah sein Gesicht. Es war ernst, die Augen dunkelumrändert, und sie wußte, spürte es einen Herzschlag lang wieder, sie mußte noch Angst haben. Sie mußte wieder Angst haben, es war noch nicht vorüber.

Aber sie schob diesen Gedanken schnell von sich, sagte: »Kommt herein, ich mache euch gleich etwas zu essen... Wo habt ihr euch denn getroffen? Das ist aber eine Überraschung... Ja, so was, ich hab' schon gedacht, ihr kommt gar nicht mehr zurück!«

Es gelang ihr, die Angst zu überspielen, den ganzen Abend lang, während sie das Essen bereitete, Koffer auspackte, Wäsche sortierte, Anzüge zum Bügeln bereithängte, eine Flasche Sekt kalt stellte, schnell noch den Feinkosthändler um die Ecke anrief, Pasteten bereitete, kalte Platten mit frischem, zartrosa Schinken und trockener, dunkelroter Salami, Brot toastete und den Tisch auf der Terrasse deckte. Monika ging ihr geschickt zur Hand. Gerd und Herbert schlenderten im Garten umher.

Die beiden Männer unterhielten sich mit einer Vertrautheit, die Irmgard sehr beruhigend fand und die ganz deutlich wurde, als sie während des Abendessens über Gerds Zukunftspläne sprachen.

»Ich habe den Antrag auf ein Stipendium laufen«, sagte Gerd. »Ich glaube bestimmt, daß es mir gewährt wird.«

Herbert fragte ihn nach den Lehrplänen der Hochschule, verglich sie mit dem, was vor dem Krieg gelehrt wurde. Sie diskutierten darüber. Auch Herbert hatte drei Semester Architektur gehört, ehe sein Vater starb und er das Studium abbrechen mußte.

Manchmal lächelte er Irmgard zu, dankbar, wenn sie ihm eine der Platten anreichte, die Butter, das Brot. Es war nur ein flüchtiges, fast unbewußtes Lächeln, aber es traf sie jedesmal bis ins Herz.

Monika sprach von der neuen Wohnung und was sie noch alles ändern wollte. – Bitte, der Pappi mußte ihr eine von den schicken Kinderwiegen kaufen aus Korbgeflecht mit vielen Rüschen und Seidenbändern. Und sie hatte auch schon einen Namen für das Baby: Wenn es ein Junge wurde, sollte er Michael heißen, und wenn es ein Mädchen wurde, Micheline – ja, sie freute sich auf das Baby, sie war sehr glücklich, nicht wahr, Gerd? Sie war doch glücklich – und mit einemmal so erwachsen.

Es wurde ein sehr schöner Abend, angefüllt mit der gegenseitigen Bereitschaft, nett zueinander zu sein, die Wünsche des anderen zu erfüllen, sich von der besten Seite zu zeigen.

Es war alles gut, bis Monika endlich vor lauter Müdigkeit einnickte und sich in ihrem Sessel zusammenrollte.

»Ich bring' euch jetzt nach Hause«, sagte Herbert.

Er holte den Wagen aus der Garage und fuhr sie in die Dorotheenstraße, wo sich ihre Dreizimmerwohnung in einem der neuen Wohnblocks befand.

Irmgard räumte den Tisch ab, legte eine frische Decke auf. Sie holte die Ampel aus japanischem Reispapier aus dem Wohnzimmer, zündete noch eine Kerze im gläsernen Windlicht an. Sie stellte eine Flasche Whisky dazu, Zigaretten, die Schale für die Eiswürfel und die Wasserkaraffe. Sie vergaß auch die gesalzenen Mandeln nicht, von denen sie wußte, daß Herbert sie besonders gern aß.

Es blieben ihr noch etwa zehn Minuten, bis er zurück sein würde, das wußte sie.

Irmgard ging hinauf ins Bad, duschte, kämmte ihr Haar auf, daß es sich knapp schulterlang weich nach innen rollte. Sie errötete, als sie so ihr Gesicht im Spiegel sah, ein junges, gebräuntes Gesicht, viel zu jung für ihre Jahre, besonders jetzt, mit dem offenen Haar. Sie zog die engen, dunkelgrünen Seidenhosen an, schlüpfte in die passenden Ballerinaschuhe, wählte dazu die hüftlange, lose Bluse aus blassem Goldbrokat.

Sie lief schnell hinunter auf die Terrasse, als sie den Wagen vorfahren hörte.

Sie saß da, verfolgte das Schließen der Garagentür, die Schritte, die über den Plattenpfad zur Haustür gingen, durch die Diele, sekundenlang verstummten...

Und dann die Treppe hochstiegen.

Oben klappte die Schlafzimmertür zu. Gleich darauf fiel Licht aus dem offenen Fenster herunter. Ergoß sich über sie, bleiches, fahles, entmutigendes, ernüchterndes Licht, das ihre Hände mit den vollackierten Nägeln unnatürlich weiß erscheinen ließ.

Irmgard saß ganz still. Lauschte, hörte Herberts Schritte über sich im Schlafzimmer, dann die Dusche im Bad, wieder seine Schritte und gläsernes Klacken, als er irgend etwas auf der Frisiertoilette ablegte.

Sie saß regungslos, bis oben das Licht ausgeknipst wurde. Dann blies sie die Kerze aus, trug die japanische Ampel und die Getränke ins Haus zurück. Sie bewegte sich ganz automatisch, tat die gewohnten Handgriffe, ohne darüber nachzudenken.

Im Spiegel in der Diele wurde Irmgard sich ihres Anzugs bewußt. Diesmal errötete sie vor Scham, daß sie sich so gekleidet hatte. Wie um ihren eigenen Mann zu verführen, schien ihr, den Mann, der doch nichts mehr von ihr wissen wollte.

Müde stieg sie die Treppe hoch, betrat das Schlafzimmer. In diesem Augenblick zerriß der erste Blitz fahlgelb das Dunkel, beleuchtete Herberts Gesicht, und sie sah, daß seine Augen weit geöffnet waren.

Irmgard ging zum Fenster und schloß es. Der Donner grollte über den nächtlichen Himmel, daß fast die Scheiben erzitterten. Dann prasselte der Regen herunter.

»Gut, daß die Kinder noch vor dem Wetter zu Hause waren«, sagte sie.

»Ja«, erwiderte Herbert.

Irmgard machte kein Licht, wandte sich vom Fenster ab, ging ins Bad, zog sich aus, schlüpfte in ihren Bademantel. Sie setzte sich auf ihr Bett, griff nach den Zigaretten, die auf dem Nachttisch lagen.

»Müssen wir reden?« fragte er.

»Ja«, antwortete sie und nahm einen tiefen Zug aus der Zigarette.

»Ich habe es nicht verdient, daß du so nett zu mir warst heute abend«, sagte er.

Im flackernden Aufblitzen des Unwetters sah Irmgard, daß er ihr sein Gesicht zugewandt hatte.

»Du wunderst dich, daß Gerd und Monika mit mir zurückgekommen sind«, fuhr er fort; »ich war in Knokke – nicht allein. Gleich am ersten Morgen spürte Monika mich auf. Sie hatte mich am Vorabend gesehen – nicht allein. Aber es gelang mir, sie zu überzeugen, daß ich geschäftlich in Knokke war. Ich... Meine Bekannte verließ mich am gleichen Tag. Um Monika nicht noch nachträglich mißtrauisch zu machen, blieb ich zwei Tage bei den Kindern und nahm sie dann im Wagen mit zurück. – Ich erzähle es dir, weil ich glaube, daß es keinen Zweck mehr hat, Versteck zu spielen...«

»Du liebst sie?« fragte Irmgard.

»Ja.«

»Ich habe die Scheidung eingereicht«, sagte Irmgard. »Honeck wird mich vertreten – Scheidung in gegenseitigem Einvernehmen.«

Sie hörte, wie Herbert den Atem scharf einsog. Dann flammte das Licht der Nachttischlampe auf.

Herbert starrte sie an.

»Das ist nicht dein Ernst.«

»Doch.«

»Du kannst es nicht tun.«

»Warum nicht?«

»Wegen der Kinder. Wegen Monika. Denk doch, was es für sie bedeuten würde!«

»Nichts«, erwiderte Irmgard, »oder nur sehr wenig.« Sie drückte die Zigarette im Aschenbecher aus, tat es nachdrücklich, als setzte sie einen bildlichen Schlußpunkt hinter ihr bisheriges Leben.

»Die Kinder haben immer mehr an dir gehangen – und zu Recht. Das wird sich auch nicht ändern, denn schließlich verlasse *ich* dich.«

»Du kannst es nicht tun«, sagte er noch einmal. »Denn es ist nicht so, wie du denkst. Monika liebt dich genauso wie mich. Als sie zu ahnen schien, daß ich nicht allein in Knokke war, hättest du sie sehen sollen. Ihre erste Frage war: Wo ist Mammi? Warum hast du sie nicht mitgebracht? Sie hängt an dir genauso wie an mir.«

»Hast du nie daran gedacht, mich zu verlassen?« fragte Irmgard.

Sie sahen einander an, jeder von seinem Bett aus, nur durch einen halben Meter voneinander getrennt, durch den schmalen roten Läufer, den Nachttisch. Aber dieser halbe Meter hatte über die Jahre hinweg genügt, sie so zu trennen, daß es kein Zurück mehr zu geben schien.

»Ich habe daran gedacht, es zu tun«, gab er zu. »Aber erst, wenn die Kinder erwachsen sein würden, aus dem Haus, in einem eigenen Leben.«

»Das sind sie jetzt«, sagte Irmgard.

»Ja, aber es ist anders. Es ist verfrüht, es ist ... Wir können es einfach nicht tun.«

»Weil sie dich verlassen hat?« fragte Irmgard.

»Nein«, sagte er schnell.

»Also aus Anstand weiter zusammen leben? So tun, als wäre alles in Ordnung?«

»Ja«, gab er widerwillig zu, sah in diesem Augenblick selbst das Unechte, die Farce seines Entschlusses.

»Ich kann es nicht mehr«, sagte Irmgard. »Ich – ich bin einfach noch zu jung dazu.«

Sein Kopf fuhr hoch. Er blickte sie an, verblüfft, verwundert. Er sah, daß sie wirklich noch jung war, eine junge Frau mit ihren zweiundvierzig Jahren. Und es regte sich etwas in ihm, etwas, das er längst verschüttet, begraben geglaubt hatte, das doch ausschließlich dieser Frau galt, die seine Frau war. Liebe war es nicht und auch kein Verlangen nach ihr, aber ein Beschützenwollen, ein Sich-verantwortlich-für-sie-Fühlen. Dreiundzwanzig Jahre waren sie verheiratet, dreiundzwanzig Jahre hatten sie zusammen gelebt, achtzehn, wenn man den Krieg und die Gefangenschaft abzog – achtzehn volle Jahre.

»Willst du es dir nicht noch einmal überlegen?« fragte er.

»Warum?«

»Wir könnten vielleicht versuchen –«

»Neu anzufangen?« fragte sie.

»Vielleicht.«

»Willst du es wirklich?«

»Versuchen«, sagte er, »ja, wir müssen es einfach versuchen.«

»Aber nicht aus Anstand«, sagte sie.

»Nein...«, er zögerte, »nicht aus Anstand.«

Sie schwiegen.

Draußen prasselte der Regen herunter, spann einen gläsernen Vorhang vor das Fenster, und es war das einzige, was zu hören war.

Schon der erste Tag auf der Hochschule brachte für Gerd eine große Enttäuschung. Sein Antrag auf das Stipendium war abgelehnt worden. Außerdem fand er ein Schreiben der Versicherung seines Vaters vor, daß mit dem vollendeten achtzehnten Lebensjahr die Waisenrente für ihn ab sofort erlösche.

Zwischen zwei Vorlesungen saß er in der Mensa der Hochschule. Er trank eine Cola und aß ein Würstchen mit Kartoffelsalat.

»Mensch, mach dir doch nichts draus«, sagte Jo Martelli und feixte. »Heute abend heben wir 'nen Tüchtigen, und dann sieht alles schon anders aus. Du bist uns ja noch deinen Einstand als Ehemann schuldig! – Junge, ist das bei dir flott gegangen.« Jo kniff die Augen zusammen, daß sich die farblosen Wimpern schlossen. »Hast ihr wohl eine verpaßt, was?«

»Sei doch still«, sagte Gerd. »Mir ist nicht nach deinem Quatsch zumute.« Er hatte sein Notizbuch herausgezogen, in dem er peinlich genau seine Einnahmen und Ausgaben eintrug. Eintausendachthundert Mark hatte er während der Semesterferien in diesem Jahr verdient. Dreihundert Mark hatte er davon auf ihrer Hochzeitsreise verbraucht. Es blieben ihm fünfzehnhundert Mark.

In einer Rubrik daneben hatte er ihre nun zu erwartenden laufenden Unkosten eingetragen. Obwohl Herbert Jacobi die Miete für ein Jahr im voraus bezahlt hatte, blieben als feste Ausgaben fünfhundert Mark im Monat.

»Soll ich dir was pumpen?« fragte Jo, der eine zweite Portion Sauerkraut mit Eisbein vertilgte. Man sah ihm diesen guten Appetit auch an. Seine Hände waren dick gepolstert, ein breiter, rosiger Wulst quoll über seinen weißen Hemdkragen.

»Fuffzig könnt' ich erübrigen«, sagte Jo, »na, willste se haben?«

»Das nützt mir nichts«, Gerd schüttelte den Kopf, »ganz und gar nichts.«

»Wie is es nun mit heute abend, steigt die Party?«

»Wenn's sein muß«, sagte Gerd, denn er sah keine Möglichkeit zu kneifen.

Jo beugte sich über den Tisch herüber. »Sag mal, im Vertrauen, wie is sie denn, deine Frau?«

»Prima«, sagte Gerd zwischen den Zähnen. »Du wirst sie ja heute abend kennenlernen. Aber nimm dich zusammen, das rat' ich dir.«

Später, am Nachmittag, ging Gerd zur Komplex-Baufirma. Er sprach mit dem Chef selbst.

Nein, Nachtarbeit gab es keine und für das Wochenende

auch nichts, das war verboten – und überhaupt, der Baustop...

Konnte er nicht wenigstens an den Tagen, wo er keine Vorlesungen hatte, arbeiten?

Nein, das war eine zu unsichere Sache. Da wußte man ja nicht, womit man fest rechnen konnte.

Tat ihm leid, dem rotgesichtigen, feisten Chef, der gar nicht danach aussah.

In den Ferien, okay, da konnte Gerd mal wieder zu ihm kommen. Aber so zwischendurch? Unsichere Kandidaten konnte er nicht gebrauchen. Wie gesagt, man mußte sich auf seine Leute verlassen können.

Und eine weitere unangenehme Überraschung erwartete Gerd, als er nach Hause kam.

Der Hausbesitzer kam ihm auf der Treppe entgegen.

»Herr Köhler, so geht das aber nicht. Das können Sie nicht machen! Wir sind ein anständiges Haus. Diese Lümmels da oben bei Ihnen – was soll ich sagen –, die machen einen Krach, daß der Putz von den Wänden fällt!«

Es schallte von der zweiten Etage bis hinunter in den Flur. Sie hatten schon mit »seinem« Einstand als Ehemann angefangen.

»Bitte, entschuldigen Sie«, sagte Gerd. »Es wird nicht wieder vorkommen. Meine Kommilitonen...«

»Wenn Sie mich fragen«, das gelbzerknitterte Gesicht des Hausbesitzers, der an einem chronischen Gallenleiden litt, reckte sich vor, »an Ihrer Stelle würd' ich meine Frau nicht mit diesen – diesen Kommilitonen allein lassen. Ja, Ihre Frau...«

»Bitte, entschuldigen Sie mich jetzt«, sagte Gerd, denn von oben drang plötzlich ein Gepolter herunter, als würde die ganze Wohnung in Scherben geschlagen.

Er lief schnell die Treppe hoch, schloß die Wohnungstür auf, seine Hände gehorchten ihm kaum.

Die Tür zum Wohnzimmer stand auf. Gerd sah den umgestürzten Tisch, zerschlagene Gläser, Bier, das über den neuen, hellen Teppich rann.

Er sah die vier, sechs Gesichter seiner Freunde von der Hochschule und mitten unter ihnen mit zerzaustem Haar Monika, die sich ausschütten wollte vor Lachen.

3

»Hier sieht's ja fein aus«, sagte Gerd, »prima habt ihr das gemacht.« Er trat langsam näher.

»Geh dich kämmen«, fuhr er Monika an.

Sie stand auf. Ängstlich wichen ihre Augen den seinen aus. Sie wirkte plötzlich verschüchtert wie ein Kind, lief schnell hinaus.

»Ihr seid mir feine Kumpels«, sagte Gerd. »Jo, du wußtest genau, daß ihr erst zum Abend kommen solltet.«

»Na, reg dich mal ab«, grinste Jo. Er räkelte sich auf der Couch. »Sieh mal, wir konnten es einfach nicht erwarten, deine Süße kennenzulernen.«

Gerd kümmerte sich nicht weiter um ihn. Er hob die zerbrochenen Gläser auf, beachtete nicht, daß eine Scherbe seinen Handrücken aufschlitzte. Er trug die Scherben hinaus in die Küche, warf sie in den Abfalleimer. Als er am Schlafzimmer vorbeikam, hörte er Monika schluchzen. Aber er trat nicht ein, sondern kehrte ins Wohnzimmer zurück. Er öffnete die Fenster weit, brachte den halbleeren Bierkasten in die Diele.

»Jetzt verschwindet aber«, sagte er und überging ihren Protest: »Mensch, sei doch kein Spielverderber – Du stellst dich aber an – Spiel doch nicht die beleidigte Jungfrau – Mann, da is aber deine Kleine ganz anders, die versteht wenigstens 'nen Spaß...«

»Raus!« schrie Gerd und hielt ihnen die Wohnungstür auf. »Los, jetzt aber dalli.« Er schüttelte Jos Hand ab, die sich besänftigend auf seinen Arm legen wollte. »Macht schon!« Er gab Markus einen Stoß, daß der stolperte.

»Nehmt euer Bier mit!« befahl er Paul, dem feisten, kleinen Sohn eines Schokoladenfabrikanten, der neugierig in der Diele umheräugte und auf Monikas Weinen zu lauschen schien.

Sie schleiften den Bierkasten hinaus, trugen ihn polternd die Treppe hinunter.

Gerd wartete, bis ihre Schritte unten verstummt und die Haustür hinter ihnen ins Schloß gefallen war.

Dann trat er in die Wohnung zurück, zog die Tür hinter sich zu. Er holte den Aufnehmer aus der Küche, wischte das Bier vom Teppich auf. Er leerte die Aschenbecher, räumte die senfbekleckerten Teller fort, auf denen noch Wurstzipfel und Teigbrocken aus Brötchen lagen.

Sein Mund war trocken, und doch schmeckte er den Ärger und die Wut wie bittere Galle.

Auf der weißen Ahornplatte des Couchtisches waren schwarzeingebrannte Dellen von Zigaretten, die sich nicht entfernen ließen. Auch der Teppich war verdorben – und sie wohnten erst seit einer Woche in dieser Wohnung.

Monikas Schluchzen war verstummt. Aber er ging nicht zu ihr.

Gerd setzte sich an den Arbeitstisch, den er sich in der Nische unter dem Fenster des Wohnzimmers eingerichtet hatte.

Er begann mit der Grundrißzeichnung einer Fabrikhalle für Werkzeugmaschinen. Er arbeitete etwa eine halbe Stunde lang, aber er konnte sich nicht konzentrieren.

Er rieb seine Augen und seine Wangen, fror und war hungrig.

Er ging in die Küche. Der Anblick des ungewaschenen Geschirrs im Ausguß, die Reste der improvisierten Mahlzeit seiner Studienkollegen nahm ihm allen Appetit.

Gerd knallte in einem plötzlichen Anfall von Wut die Küchentür hinter sich zu.

Im Schlafzimmer lag Monika auf dem Bett, den Kopf in die

Kissen vergraben. Ihr Haar schimmerte rotgolden im Licht der untergehenden Sonne, das durch das Fenster drang.

»Was hast du dir eigentlich dabei gedacht, dich so zu benehmen?« fragte er und setzte sich auf den Bettrand.

Sie rührte sich nicht.

Gerd faßte sie an den Schultern, zwang sie, sich umzudrehen.

Ihr Gesicht war weiß. Ihre Augen glänzten kalt. Ihr Mund war zu einem schmalen, blassen Strich zusammengepreßt.

»Wie konntest du sie überhaupt in die Wohnung lassen, wo ich nicht da war?«

»Es sind doch deine Freunde«, sagte sie mit einer hohen Stimme.

»Meine Freunde?« Er lachte kurz auf. »Wenn sie meine Freunde wären, hättest du sie schon längst kennengelernt.«

»Sie haben gesagt, du wüßtest, daß sie kommen.«

»Ich mußte sie einladen, es ging nicht anders«, gab er zu.

»Na also«, sagte Monika.

»Aber du bist doch kein Kind mehr. Du kannst doch nicht einfach mit ansehen, wie sie die Wohnung demolieren, und noch darüber lachen, es auch noch spaßig finden. Komm, sieh dir an, was sie angerichtet haben!« Er faßte ihre Hand und zog sie vom Bett herunter.

Monika riß sich los, folgte ihm aber, wenn auch widerwillig.

Im Wohnzimmer wies er auf die verdorbene Tischplatte, in der Küche auf die zerbrochene Vase aus Muranoglas, auf die Scherben der Gläser und Teller.

»Da, sieh es dir an!«

Monika sah es sich an, mit diesen kalt glänzenden Augen.

»Eine Schweinerei ist das!« Angewidert gab Gerd dem Aufwascheimer einen Tritt.

Monika fuhr herum.

»Was regst du dich überhaupt auf? Was geht dich das eigentlich an?« schrie sie. Ihr Kopf reckte sich vor. Auf ihren Wangen zeichneten sich dunkelrote Flecken ab. »Schließlich ist das meine Wohnung! Ja, meine Wohnung! Mein Vater hat alles bezahlt! Meine Eltern haben alles eingerichtet! Gar nichts gehört dir davon! Alles gehört mir, mir ganz allein, und ich kann tun damit, was ich will!« Sie stampfte mit dem Fuß auf. »Ich tu' auch damit, was ich will! Guck mal« – sie griff ein Glas aus dem Spülbecken und warf es gegen die weißgekachelte Wand.

Die Scherben klirrten zu Boden. Dann war es sekundenlang sehr still.

»Bist du verrückt geworden?« fragte Gerd. »Bist du nicht mehr gescheit?« Er sagte es leise, so als müsse er seine Stimme im Zaum halten, um nicht laut zu schreien.

»Ich tu' mit allem, was ich will«, stieß Monika hervor. »Nur, was ich will!« Sie griff nach einem Teller. Gerd hielt ihre Hand fest.

»Laß mich los«, funkelte sie ihn an.

»Benimm dich vernünftig!«

»Laß mich los! Wenn du mich nicht losläßt, schrei' ich.«

»Sie vernünftig, Monika.«

Sie riß ihre Hand los, hob die Rechte wie unabsichtlich dabei und schlug Gerd ins Gesicht.

Noch im gleichen Augenblick wich sie zurück. Ihre Augen weiteten sich, über sich selbst entsetzt. Dann drehte sie sich um und lief hinaus.

Gerd spürte plötzlich, daß seine Beine zitterten. Er lehnte sich gegen die Wand. Das Zittern in seinen Knien war das einzige, was er spürte.

Nach einer Weile ging er in die Diele. Nahm seinen Mantel vom Haken, den Schlüssel aus der Garderobenschublade. Er zog die Wohnungstür behutsam hinter sich ins Schloß, als habe er Furcht, er könne jemanden stören. Er schritt langsam die Treppe hinunter, trat aus dem Haus, ging die Straße entlang.

Es war eine neue Straße. Fahrbahn und Bürgersteige waren noch nicht asphaltiert. Die hohen Neonleuchten brannten nur vereinzelt. Die Mietshäuser zu beiden Seiten waren so neu, daß man den frischen Mörtel und Zement zu riechen glaubte.

An der Ecke hatte eine Bierklause neu eröffnet.

Der Wirt war in Spendierlaune. Er war noch ein junger Mann, und es war seine erste eigene Kneipe. Vor der Theke standen nur junge Männer, mittlere Angestellte in Tweedanzügen von C & A und junge Vorarbeiter in blauer Arbeitsmontur.

Gerd erblickte sie durch die blaßgelben Butzenscheiben, sah, wie sie die Gläser hoben, dem Wirt zuprosteten.

Gerd trat ein.

Er ließ sich eine Cola geben und einen Steinhäger.

»'s gibt aber doch Freibier«, lächelte die rundgesichtige Kellnerin. »Soll ich Ihnen eins bringen?«

Gerd schüttelte den Kopf. »Bringen Sie mir noch einen Schnaps.«

Er trank drei Steinhäger, bis ein wenig der wütenden Starre von ihm wich.

»Prost!« rief der Wirt ihm zu.

Gerd nickte, quälte sich ein Lächeln ab.

»De hät ever Sorge«, lachte einer der Arbeiter, dem das Bier die Wangen rot färbte.

»Sicher mit sin Frau…«

»Ach wat…«

»Dat ist doch so e'n lecker Mädche…«, griente der erste.

Gerd stand auf, bezahlte, ging hinaus.

»Du bis aber 'ne komische Heini«, rief einer von den Zurückbleibenden ihm nach.

Vielleicht bin ich das wirklich, dachte Gerd, vielleicht bin ich wirklich komisch, spießig, altmodisch, all das, was Monika mir schon so oft vorgeworfen hat.

Er wollte nicht an Monika denken, aber er konnte nichts anderes tun.

Sie hatte ihn geschlagen.

Sie hatte ihn mitten ins Gesicht geschlagen.

Das würde er nicht vergessen. Niemals.

Er trieb ziellos durch die Straßen. Bis er sich mit einem Mal, selbst überrascht darüber, in der Johannisstraße befand, vor dem Haus seiner Mutter.

Die Fenster des Wohnzimmers waren erleuchtet. Er zögerte nur eine Sekunde lang, dann lief er zur Haustür hoch.

»Stör' ich dich, Mammi?« Monikas Stimme klang ganz dünn und verloren über das Telefon.

Irmgard winkte ihrem Mann, das Fernsehgerät leiser zu stellen, in dem gerade die Spätnachrichten durchgegeben wurden.

»Nein, Kind«, sagte sie dann in den Hörer, »natürlich störst du mich nicht.«

Sie setzte sich in den Sessel vor dem Schreibtisch, griff nach den Zigaretten in der Holzschale.

Herbert kam herüber und gab ihr Feuer. Sie nickte ihm lächelnd zu.

Aber gleich darauf rutschte das Lächeln aus ihren Mundwinkeln.

»Was sagst du da, Monika?«

»Ich – ich hab' Gerd eine runtergehauen.«

»Aber Monika?«

»Doch, Mammi, ganz bestimmt!«

»Ich glaube es dir ja, aber es klingt sehr sonderbar...«

»Ich find' es ganz schrecklich«, schluchzte Monika am anderen Ende. »Mammi, was soll ich denn bloß tun?«

»Kind, jetzt erzähl erst mal der Reihe nach.«

Irmgard lauschte, während Herbert seine Aufmerksamkeit wieder den Nachrichten zuwandte.

»Natürlich durftest du Gerd nicht schlagen«, sagte Irmgard.

Herbert fuhr herum. Aber sie hob beruhigend die Hand.

»Monika, so etwas tut man unter keinen Umständen. Du mußt ihn um Verzeihung bitten.«

»Aber das kann ich doch nicht«, stammelte Monika, »er ist doch weggelaufen.«

»Seit wann ist er denn fort?« fragte Irmgard und begann sich jetzt ernstlich Sorgen zu machen.

»Seit – seit sieben etwa. So genau weiß ich das nicht«, schluchzte Monika.

»Es hat keinen Zweck, daß du jetzt heulst«, sagte Irmgard mit ungewollter Schärfe, »räum lieber deine Wohnung hübsch auf und sei nett zu Gerd, wenn er zurückkehrt.«

»Kann – kann ich denn nicht zu euch kommen, Mammi? Kann Pappi mich nicht abholen?«

Irmgard zögerte.

»Warte eine Sekunde«, erwiderte sie, »ich glaube, Vater ist schon schlafen gegangen.«

Sie verschloß die Sprechmuschel mit ihrer rechten Hand. »Monika hat sich mit Gerd gestritten. Sie hat sich ziemlich dumm benommen. Sie möchte jetzt davor ausreißen, hierherkommen.«

Herbert tastete gewohnheitsmäßig nach seinen Wagenschlüsseln, die er immer in der Jackettasche bei sich trug.

»Nein.« Er schüttelte den Kopf. »Es hat keinen Zweck, Irmgard. Sag ihr, ich schliefe schon. Sie soll zu Hause bleiben und auf Gerd warten.«

»Meinst du wirklich?« fragte Irmgard zweifelnd.

»Ja«, gab Herbert fest zurück.

»Hör mal, Monika«, sagte Irmgard wieder in die Muschel. »Vater schläft schon. Ich möchte ihn nicht wecken. Tu, was ich dir gesagt habe, und warte auf Gerd. Er kommt sicher bald zurück.«

»Und wenn er nicht kommt – wenn ich die ganze Zeit allein bleiben muß, die ganze Nacht?«

»Monika, sei doch bitte vernünftig.« Irmgard spürte, wie ihre Geduld zu Ende ging. »Benimm dich wie ein erwachsener Mensch. Schließlich bist du doch eine verheiratete Frau.«

»Ja, Mammi«, antwortete Monika folgsam – und nach einem tiefen Seufzer: »Gute Nacht.« Dann hing sie ein.

Irmgard schüttelte den Kopf.

»Mein Gott, was ist sie noch für ein Kind«, sagte sie, und ihr Lächeln fiel etwas ängstlich und bitter aus.

»Seit wann trinkst du Alkohol?« fragte Martha Köhler ihren Sohn.

Gerd lag mehr als er saß auf der Couch. Unwillkürlich zog er seine Beine an, richtete sich gerade auf.

»Ich habe nur einen – ein Glas getrunken«, erwiderte er. Vor seiner Mutter konnte er das Wort Schnaps nicht aussprechen. »Mir ist nicht besonders gut vom Magen her, weißt du?«

»Ich koch' dir einen Wermut-Tee, das wird dir helfen.«

Seine Mutter stand rasch von ihrem Platz am Schreibtisch auf.

»Nein, danke, wirklich nicht«, sagte Gerd schnell. Schon der Gedanke an diesen Tee bereitete ihm Übelkeit.

Er erhob sich und begann in dem Zimmer umherzuwandern. Blieb bei dem Schrank stehen, hinter dessen Glasscheiben hochstielige Römer leuchteten. Solange er denken konnte, standen diese Gläser dort. Solange er denken konnte, hatte sich in diesem Zimmer nichts verändert.

»Wann seid ihr zurückgekommen?« fragte Martha jetzt. Sie hatte wieder in ihrem Sessel am Schreibtisch Platz genommen, aber so, daß sie ausnahmsweise dem Porträt ihres Mannes den Rücken kehrte.

»Vorgestern abend«, log Gerd, denn sie waren schon seit einer Woche zurück.

»Es ist nett, daß du mich so bald besuchst«, sagte sie.

Gerd nickte, zwang sich zu lächeln.

»Monika läßt dich herzlich grüßen. Sie fühlte sich nicht wohl, sonst wäre sie mitgekommen.«

Er brauchte seine Mutter nicht anzusehen, um zu wissen, daß sie ihm nicht glaubte.

»Hast du Sorgen?« fragte sie. »Ich meine, du siehst nicht sehr wohl aus?«

»Nein«, antwortete er zögernd.

»Das Semester hat angefangen, nicht wahr?«

»Ja.«

Gerd war froh, daß sich das Gespräch von seinem persönlichen Leben entfernte.

»Ich hatte ein Stipendium beantragt – es wurde abgelehnt«, berichtete er. »Meine Waisenrente hat die Versicherung auch gestrichen. Sie fällt, wie sie sagen, mit Vollendung des achtzehnten Lebensjahres fort.«

»Ja«, seine Mutter nickte, »das ist leider so. Was wirst du nun tun?« fragte sie.

»Ich erhebe Einspruch«, sagte er. »Andere bekommen auch eine Studienbeihilfe, und die Rente müssen sie mir weiterzahlen, bis meine Berufsausbildung beendet ist.«

Er bat seine Mutter nicht um Hilfe – und sie bot sie ihm auch nicht an.

Sie hatte seine Schulausbildung und das erste Semester des Studiums finanziert. Er hatte bisher das Stipendium nicht nötig gehabt.

»Es tut mir leid für dich«, sagte Martha Köhler, »daß du nun solche Schwierigkeiten hast. Aber es lag ja alles in deiner Hand. Du hattest die Entscheidung.«

»Natürlich«, erwiderte Gerd schnell. »Wir wollen auch gar nicht mehr davon sprechen.«

Er wußte nicht genau, was er sich von dem Besuch bei seiner Mutter erhofft hatte. Über seine Probleme mit Monika konnte und wollte er mit niemandem sprechen. Und auch die Schwierigkeiten seines Studiums gingen nur ihn etwas an. Er konnte von seiner Mutter wirklich keine Hilfe verlangen.

»Ich freue mich immer, wenn du mich besuchst«, sagte Martha Köhler beim Abschied, der nun nicht mehr lange auf sich warten ließ. »Ich bin ja stets zu Hause. Du kannst zu jeder Zeit zu mir kommen.«

»Ich besuche dich bald wieder und bringe auch Monika mit«, versprach Gerd. Aber er wußte, daß er dies nicht tun würde.

Monika lag schon zu Bett, als er nach Hause kam. Aber sie war noch wach. Gerd sah, daß sie geweint hatte.

»Bist du mir noch böse?« fragte sie, während er begann, sich auszuziehen.

Er schüttelte stumm den Kopf.

»Ich will es auch nie wieder tun.«

»Ja, schon gut«, sagte er.

Er ging ins Bad, duschte, zog seinen Schlafanzug an.

Als er zurückkam, schlief Monika.

Er knipste das Licht aus, legte sich ins Bett. Er spürte die Kühle der Bettücher, und einen Herzschlag lang war er versucht, zu ihr heranzurücken, in ihre Wärme, sie in seine Arme zu nehmen.

Aber dann tat er es doch nicht.

Er wich ihrer Hand aus, die sich schlaftrunken nach ihm ausstreckte. Er konnte nicht vergessen, daß diese Hand ihn geschlagen hatte.

Am nächsten Morgen ging Gerd zu der Arbeitsvermittlung für Studenten.

Ein ältliches Mädchen, das nach Hustenbonbons roch, schlug ihm vor, als Babysitter zu fungieren, Teppiche zu klopfen oder als Portier in einem Nachtlokal zu arbeiten.

Gerd entschied sich für das letztere.

»Und ich?« fragte Monika, als er ihr beim Abendessen seinen Entschluß mitteilte. »Ich soll wohl den ganzen Abend allein zu Hause sitzen? Die ganze Nacht allein bleiben?«

»Es ist sicher nicht für lange«, versprach er. »Sieh mal, sie müssen mir meine Waisenrente weiterzahlen. Ich bin doch noch in der Ausbildung. Und das Stipendium kriege ich vielleicht auch...«

Aber behördliche Anträge brauchen ihre Zeit – viel Zeit, und ihr Ausgang bleibt stets ungewiß.

Gerd arbeitete als Portier des Nachtlokals Roter Hahn.

Er haßte die rote, goldverschnürte Uniform, die er tragen mußte. Er haßte die jungen Leute, die das Lokal besuchten,

Mädchen und Jungen, meist nicht älter als er, Töchter und Söhne reicher Eltern, die an einem Abend so viel ausgaben, wie er in einer Woche verdiente. Er haßte die sinnlos vertanen Stunden, die er vor dem Eingang der Bar herumstand, während Männer ihn ansprachen, mit einem Augenzwinkern wissen wollten, ob die Fotos der leichtbekleideten Mädchen im Schaukasten das hielten, was sie versprachen. Er haßte auch das Trinkgeld, das sie ihm in die Hand drückten, wenn sie sich amüsiert hatten und gegen vier, wenn das Lokal schloß, in Begleitung in ihre schweren, teuren Wagen stiegen. Die Begleitung waren Mädchen in hautengen Röcken, mit Stöckelschuhen, welche ihre Schritte in hochmütiges Gestakse verwandelten, Mädchen, die ihre Jugend hinter blauem oder grünem Maskara zu kaschieren suchten. Er war froh, daß diese Mädchen nie Trinkgeld gaben; so brauchte er es auch nicht zurückzuweisen, denn er hatte jede Mark bitter nötig.

Jeden Pfennig, den er verdiente, plante er genau ein. Seine Barschaft von fünfzehnhundert Mark schwand innerhalb von anderthalb Monaten dahin. Wofür? Das wußte er kaum, auch wenn er die Ausgaben genau aufschrieb. Da waren ein Pullover, ein Paar Schuhe, ein weißer Sommermantel, die Monika unbedingt besitzen wollte. Die Erfüllung von Wünschen, die sie mit Tränen und Schmollen und Zärtlichkeiten ertrotzte. Und er konnte ihr nicht widerstehen, konnte ihr nichts verwehren.

Aber oft lag er wach, grübelte darüber nach, wie er mehr Geld verdienen könnte; schlief kaum mehr in den frühen Morgenstunden, ehe er um sieben aufstehen mußte, um sich für die Vorlesungen vorzubereiten, Zeichnungen anzufertigen, Baustile nachzulesen, die sie gerade behandelten.

Meist schlief er jetzt allein. Von sieben Nächten in der Woche verbrachte Monika fünf bei ihren Eltern.

»Ich habe Angst, allein in der Wohnung zu sein!« Dahinter verschanzte sie sich. »Als ich einkaufen ging, ist mir ein Mann gefolgt. Der hatte so komische Augen. Der hat mich immer angestarrt, und dann hat er ein paar Stunden lang unten vor dem Haus gestanden. Ich bleib' nicht allein. Ich will nach Hause.«

Nicht ihre Wohnung in der Dorotheenstraße, nicht diese drei mit Sorgfalt eingerichteten Zimmer waren das Zuhause, sondern ihr Elternhaus, draußen am Stadtrand.

Dagegen konnte Gerd nichts tun, denn ihm selbst blieb diese Wohnung fremd.

Zwei Monate hielt Gerd durch, bis zu jenem Tag, als Monikas Vater ihn in sein Büro bat.

»Ich wollte mit dir in Ruhe sprechen«, sagte Herbert Jacobi, »ohne die Frauen.« Er lächelte dabei, aber nur mit dem Mund. Seine Augen sahen Gerd prüfend und ernst an. »Du siehst schlecht aus«, setzte er hinzu, »du rackerst dich zu sehr ab.«

»Das stimmt nicht«, widersprach Gerd. »Es geht schon ganz gut.«

»Möchtest du etwas trinken?« fragte Herbert. Er klingelte nach Fräulein Hoffmeister, einem stillen, dunkelhaarigen Mädchen, das Fräulein Marbach abgelöst hatte.

»Einen Kaffee bitte«, sagte Gerd. Er trank jetzt viel Kaffee. Es war das einzige, was ihn wachzuhalten vermochte.

»Bereiten Sie uns zwei Kaffee«, bat Herbert die Sekretärin.

»Gern, Herr Jacobi.«

Ein paar Minuten später brachte Fräulein Hoffmeister ein hübsch hergerichtetes Tablett herein. Sie hatte auch ein paar belegte Brote angerichtet.

»Junge, ich meine es doch gut mit euch«, begann Herbert, »und ich habe mir jetzt zwei Monate lang angesehen, wie du dich abplagst. Glaub mir, es ist weder gut für dich noch für Monika.«

»Sie ist zuviel allein, ich weiß«, gab Gerd zu.

»Ja, sie langweilt sich.«

Sie brauchte es nicht, wenn sie sich ein bißchen mehr um die Wohnung kümmern würde – Gerd dachte an den Korb ungebügelter Wäsche, an das ewig schmutzige Geschirr, das sich im Ausguß der Küche stapelte, an den Staub, der schon bald die neuen Möbel mit grauer Patina überzogen hatte.

Aber Gerd sprach nicht davon. Er glaubte, dies gehe niemanden etwas an, und er schob es von sich, weil es im Grunde ja auch unwichtig war.

»Ich möchte dir einen Vorschlag machen«, sagte Herbert. »Mein Bezirksvertreter für den Siegkreis hat einen Unfall gehabt. Bedauerlicherweise so schlimm, daß er arbeitsunfähig bleiben wird. Im Siegkreis sind unsere Präparate sehr gut eingeführt. Außerdem kommen immer neue Friseurgeschäfte dazu. Ich würde dir diese Vertretung übergeben. Du bekämest ein festes Gehalt und darüber hinaus Provision für Neuzuwerbungen.«

»Aber ich habe noch nie als Vertreter gearbeitet«, wandte Gerd ein. »Ich möchte auch weiterstudieren. Ich habe es mir selbst versprochen – und meiner Mutter...«

»Ich weiß«, sagte Herbert. »Aber du bist noch sehr jung. Wer hindert dich daran, mal für ein, zwei, vielleicht auch drei Jahre als Vertreter zu arbeiten? Wenn du dich geschickt anstellst, kannst du in dieser Zeit so viel auf die Seite legen, daß du dann in einem Zug dein Studium beenden kannst.«

»Bin ich denn für einen Bezirksvertreter nicht zu jung? Sind nicht andere da, die mehr Anrecht auf diesen Posten hätten?«

»Das schon«, gab Herbert zu, »aber es liegt bei mir, darüber zu entscheiden, wer diesen Posten bekommt. Hör zu, Gerd«, Herbert beugte sich vor, sah den achtzehnjährigen Jungen eindringlich an, der sein Schwiegersohn war. »Ich kenne alle deine Einwände, auch den, daß du dir nicht ständig von mir helfen lassen willst. Gerade das könntest du jedoch abstellen, wenn du für meine Firma arbeiten würdest. Ich würde dich schon nicht bevorzugen, denn das könnte ich gar nicht. Und ich würde dir auch den Posten nicht anbieten, wenn ich nicht glaubte, daß du es schaffst.«

»Darf ich es mir überlegen?« fragte Gerd.

»Sicher. Kommt morgen nachmittag zum Kaffee zu uns

raus. Dann sprechen wir weiter darüber, ja?«

»Gern.« Gerd stand auf. »Ich dank' dir auch«, sagte er, »du – du bist sehr anständig zu mir.«

»Unsinn«, Herbert lächelte, »schließlich bist du ja mein Sohn.«

Herbert Jacobi trat ans Fenster und sah Gerd nach, als dieser unten die Straße überquerte, schnell in Richtung Bushaltestelle davonging.

Während er noch dort stand, wurde sein Blick plötzlich von der schlanken, zierlichen Gestalt einer jungen Frau gefangen.

Carla.

Es gab ihm einen Stich bis ins Herz.

Sie trug einen eleganten schwarzen Ledermantel. Ihre Beine sahen schlank und hell darunter hervor. Sie stellte einen kleinen Koffer ab, als sie drüben die Haustür aufschloß.

In der letzten Sekunde, bevor sie das Haus betrat, sah sie sich um, und Herbert war sicher, daß sie schnell zu den Fenstern seines Büros hochblickte.

Er hatte Carla seit seiner Rückkehr mit den Kindern aus Knokke nicht mehr gesehen, nicht mehr seit jenem Morgen, als er sie verließ, um sich mit Monika und Gerd am Strand zu treffen, nicht mehr, seit er jenen Brief von ihr fand, in dem sie ihm mitteilte, daß sie abreiste.

Er hatte vergeblich versucht, sie anzurufen. Ihr Telefon war auf Fernsprechauftragsdienst geschaltet, und er hatte die Stimme des Mädchens vom Fernamt zugleich gefürchtet und gehaßt. – Welche Nummer haben Sie gewählt? Der Anschlußinhaber ist verreist. Wer spricht dort bitte? Dürfen wir eine Bestellung notieren?

Nein, sie brauchte nichts zu notieren. Sie konnte nichts ausrichten.

In diesen vergangenen zwei Monaten war ihm zum ersten Mal bewußt geworden, wie wenig er doch Carla kannte. Er wußte nicht viel mehr als ihren Namen und daß sie als Direktrice in einem Modesalon arbeitete.

Lebten ihre Eltern noch? Hatte sie Geschwister?

Sie war in Berlin geboren und nach dem Krieg, irgendwann in den frühen fünfziger Jahren, in den Westen geflüchtet. Wohnte seitdem in Köln. Hatte zuerst als Verkäuferin gearbeitet, dann die Leitung des Salons übernommen, als sich die Inhaberin, ein ältliches Fräulein, zur Ruhe setzte.

Das wußte er, wußte auch, wie sie aussah, wenn sie sich dort bewegte, in jenem Laden auf dem Ring, in der gedämpft vornehmen Atmosphäre kostbarer Stoffe und Roben.

Und vor allem wußte er, wie Carla aussah, dort oben, in ihrer Wohnung, in jenem kleinen Appartement, das ihre Zuflucht geworden war.

Carla war längst im Haus verschwunden, als er sich endlich entschloß, hinüberzugehen.

Sein Herz schlug ihm im Hals, während er darauf wartete, daß der Türöffner summte.

Dann lief er, zwei Stufen auf einmal nehmend, die Treppen hinauf.

Carla erwartete ihn in der Wohnungstür.

Sie stand da, und in jenem Bruchteil der Sekunde, bevor sie sich in seine Arme warf, sah er, wie ihre Augen sich weiteten, sich mit feuchtem Glanz überzogen.

Er streichelte ihr Haar, ihre sanfte, weiche Wange, den Hals, ihre Schulter.

»Komm herein«, flüsterte sie, und es war ein Glucksen in ihrer Stimme, das Lachen wie Weinen bedeuten konnte.

»Wo warst du so lange?« fragte er. »Ich habe mich so nach dir gesehnt. Ich habe jeden Tag auf ein Wort von dir gewartet. Jeden Tag habe ich angerufen. Wo warst du?« fragte er. »Ich hatte Angst, dich nie mehr zu finden.«

»Ich bin ja wieder da«, flüsterte sie, »ich – ich bin ja so froh.«

Sie war in seinen Armen, schmiegte sich an ihn. Er roch den herben und zugleich süßen Duft ihres Haares nach frischer Zitrone, und er fand ihren Mund, der weich war und sanft und unter seinen Lippen zitterte.

»Ich war in Berlin«, erzählte sie dann, »bei meiner Mutter. Ich wollte nicht zurückkehren. Ich habe meine Stellung gekündigt und wollte in Berlin bleiben. Meine Mutter ist schon ziemlich alt, weißt du, und sie braucht mich...«

»Ich brauche dich auch«, sagte er, »du kannst nicht fortgehen. Du darfst mich nie mehr verlassen.«

»Ich bin nur zurückgekommen, um die Wohnung aufzulösen. Ich hoffte, wir würden uns nicht begegnen. Ich wünschte...«

»Du bist wieder da«, sagte er, »du darfst nie mehr fortgehen.«

In dieser Nacht blieb er bei Carla.

Er rief Irmgard an, sagte ihr, er habe überraschend nach Frankfurt gemußt. Er wisse noch nicht, wann er zurückkomme.

»Deine Stimme klingt so nah«, erwiderte Irmgard, »gar nicht, als wenn du in Frankfurt wärst.« Und er wußte, daß sie ihm nicht glaubte.

»Komm bald zurück, und paß gut auf dich auf.« Damit beendete Irmgard das Gespräch.

Während er in den blassen, farblosen Stunden des frühen Morgens neben Carla lag, ihren Atem an seiner Schulter spürte, ihren Arm, ihre Hand, die auf seinem Herzen lag, dachte er daran, was nun werden sollte, und er wußte, daß er tiefer in seine Liebe zu ihr verstrickt war als jemals zuvor.

Irmgard hatte die Scheidung eingereicht, aber er, er selbst, hatte sie bewogen, dies rückgängig zu machen – wegen der Kinder, wegen Monika und Gerd.

Er hatte sich selbst belogen in der Nacht, als er die Aussprache mit Irmgard hatte, als er glaubte, er könne jemals von Carla lassen.

Er hatte Irmgard belogen, sich selbst und die Kinder – nur Carla nicht.

Er sah kein Ende dieser Lüge. Sie war ein Netz, ein unendlich vielmaschiges Spinnennetz, in dem er gefangen war, dessen Fäden ihn umgarnten, in dem er umhertappte wie in einem Irrgarten.

Bisher hatte er niemandem mit der Lüge seines zwiefachen Lebens geschadet. Und die Zeit verging; wer wußte schon, was in ein paar Jahren sein würde. Vielleicht kam doch einmal der Tag, an dem er aufhören konnte zu lügen, an dem sich alles klar und offen und anständig regeln ließ.

Aber weil er ehrlich zu sich selbst war – in diesen Stunden zwischen Nacht und Morgen, in denen er einsam war, obwohl Carla bei ihm lag, das Liebste, was er zu besitzen wünschte –, gestand er sich ein, daß er nicht mehr daran glauben konnte.

Monika lag auf der Couch. Sie trug ein Kleid, das die Fülle ihrer Gestalt geschickt verbarg. Sie hatte ihr Haar im Nacken zu einem Pferdeschwanz gebunden. Das Blond war nachgedunkelt, und es hatte von seinem Glanz verloren. Es wirkte spröde und struppig. Sie sah es genau, während sie sich prüfend im Handspiegel betrachtete.

Diesen Spiegel hatte sie immer griffbereit. Denn sie konnte sich nicht an die Veränderungen gewöhnen, die mit ihrem Gesicht und ihrem Körper geschahen.

Mein Gesicht ist dick geworden, dachte sie und verzog mißmutig den Mund; dick und mit komischen braunen Flekken auf der Stirn. Meine Augen sind ganz blaß. Blöd seh ich aus, häßlich! Sie warf den Spiegel ärgerlich auf den Boden.

Sie verschränkte die Arme unter dem Kopf. Aber das war unbequem. Diese Haltung zerrte an ihrem Leib.

Sie drehte sich auf die Seite.

Dann lag sie mit einem Mal ganz still.

Da war es wieder, dieses seltsame Stoßen und Rumpeln in ihrem Bauch, das gar nicht weh tat.

Sie lag regungslos, und sie wußte nicht, daß sie lächelte.

Komisch war es, sonderbar und irgendwie ganz unwirklich, daß sie ein Kind bekam.

Sie sagte es sich oft vor: Ich, Monika, bekomme ein Kind.

Man konnte es ja nun auch schon sehr gut sehen, aber glauben konnte sie es noch immer nicht.

Aber es macht mich häßlich, dachte sie in plötzlich wieder aufsteigendem Mißmut. Das Kind macht mich häßlich. Ich mag mich selbst nicht mehr ansehen.

Und Gerd? Der mag es auch nicht.

Er schämt sich, wenn er mit mir spazierengeht, ich hab' es genau gemerkt. Er will gar nicht mehr meine Hand halten, und er läuft ganz schnell, auch wenn wir es nicht eilig haben. Und er ist froh, wenn wir wieder zu Hause sind.

Immer sollte ich zu Hause bleiben. Nie geht er mit mir aus. Ich war so lange nicht mehr im Kino. Ich hab' so lange nichts Schönes mehr erlebt. Ich hab' überhaupt noch nichts erlebt.

Sie steigerte sich in ihr Selbstmitleid hinein, bis sie weinen mußte.

Sie hörte die Wohnungstür klappen, dann Gerds Schritte in der Diele und seine Stimme: »Monika?«

Sie antwortete nicht. Sie schluchzte leise vor sich hin.

Aber er sah noch nicht mal nach, ob sie da war. Er ging natürlich zuerst in die Küche. Das tat er immer. Immer hatte er Hunger. Sie war richtig froh, weil sie nichts eingekauft hatte und er den Eisschrank leer finden würde.

Monika weinte lauter. Hörte auch nicht auf, als Gerd eintrat.

»Monika, was hast du denn?« Er war mit zwei Schritten bei ihr, beugte sich über sie.

»Laß mich doch in Ruhe«, schluchzte sie.

»Was ist denn?« fragte er hilflos.

»Es ist ja alles so furchtbar«, schluchzte sie. »Ich – ich will gar nicht mehr leben.«

Er streichelte sie. Monika ließ es sich gefallen. Sie tat sich selbst so leid.

»Ich bin immer allein – so allein –, nie bist du da«, schluchzte sie. »Immer bist du weg, tagsüber und nachts auch.«

Gerd setzte sich neben sie auf die Couch.

»Du sollst nicht mehr so viel allein sein«, versprach er.

»Och, das sagst du ja bloß so, es stimmt ja doch nicht.«

»Bitte, wein nicht mehr. Sonst kann ich dir doch die große Neuigkeit gar nicht erzählen.«

»Eine große Neuigkeit?« Monika richtete sich halb auf. Ihre Tränen versiegten. Sie wischte sich die nassen Wangen ab. »Was für eine Neuigkeit?«

»Ich fange bei deinem Vater an zu arbeiten – als Bezirksvertreter. Ich gebe das Studium auf«, sagte er entschlossen. Jetzt tat dies schon nicht mehr weh; in diesem Augenblick gewöhnte er sich an den Gedanken, vielleicht niemals sein Studium zu beenden, das bisher einziges Ziel seines Strebens gewesen war.

»Ist das alles?« fragte Monika enttäuscht.

»Aber das hast du doch die ganze Zeit gewollt«, sagte Gerd verblüfft. »Ich dachte, du freust dich darüber.«

Monika zog die Schultern hoch. »Ja, schon – aber was Besonderes ist es doch nicht, daß du endlich mit dem dummen Studium aufhörst.«

Sie verstand ihn nicht, sie wußte nicht, daß er mit diesem Entschluß einen Lebenstraum aufgab.

4

Am ersten November begann Gerd mit seiner Arbeit als Bezirksvertreter für die Vinca-Kosmetik.

Es war ein kühler, grauer Morgen. Nieselregen überzog alles mit dunkel glitschiger Nässe.

Gerd schlug den Mantelkragen hoch, als er aus dem Haus trat. Er trug einen neuen Kamelhaarmantel, und darunter einen dunkelgrauen Flanellanzug.

»Anständig angezogen zu sein, ist das wichtigste für einen Vertreter«, hatte Herbert Jacobi gesagt und darauf bestanden, daß Gerd sich auf seine Kosten von Kopf bis Fuß neu einkleidete.

Der neue Musterkoffer aus schwarzem Leder war schwer, und Gerd wechselte ihn von einer Hand in die andere, während er zur Bushaltestelle am Ende der Dorotheenstraße schritt.

Heute also begann es. Heute fing seine Bewährung an. Er hatte die ganze Nacht nicht schlafen können, sich wohlgesetzte Reden zurechtgelegt, mit denen er den Kunden begegnen wollte. Doch davon wußte er jetzt kein Wort mehr. Er hatte alles vergessen.

In seiner Jackettasche steckte die Liste der Kunden, die er zu besuchen hatte, sowie eine Broschüre über die Schönheitscremes, Gesichtswässer, Lippenstifte und Puder.

Im Bus, auf der Fahrt zum Bahnhof, memorierte Gerd die Namen und Bezeichnungen der Vinca-Präparate, wie er früher englische Vokabeln auswendig gelernt hatte.

Die Bahnfahrt im leeren Zweiter-Klasse-Abteil, das feucht und ungelüftet roch, verlief eintönig. Gerd befaßte sich mit dem Stadtplan von Siegburg. Herbert hatte ihm den Plan gegeben, damit er sich leichter zurechtfinden sollte.

Ein Kleinstadtbahnhof, ein zugiger Bahnsteig, ein Fahrkartenschalter. Gegenüber davon befand sich ein Konfektstand. Gerd kaufte sich eine Rolle Pfefferminz, um den bitteren Geschmack der Aufregung loszuwerden.

Grauverhangener Himmel, Nieselregen, klammer Wind, der von Osten strich und den fauligen Geruch der Kunststoffwerke am Rande der Stadt hereintrug.

Der erste Frisiersalon, den Gerd zu besuchen hatte, lag direkt gegenüber vom Bahnhof.

Gerds Hände waren feucht, als er den Musterkoffer vor der blau-silbern lackierten Theke absetzte.

Er wartete, bis eine Kundin, ein junges Mädchen, sich nach langem Hin und Her für einen Lippenstift entschied. Trat dann vor, mußte sich räuspern, ehe er guten Morgen wünschen konnte.

»Morgen«, erwiderte die Frau mit dem unausgeschlafenen Blondinengesicht hinter der Theke.

»Mein Name ist Köhler. Ich vertrete die Vinca-Kosmetik.«

Der Blick aus den blaßblauen Augen der Frau schätzte ihn von oben bis unten ab.

»Was wollen Sie denn? Gestern war schon jemand von Ihrer Firma hier, junger Mann.«

»Verzeihen Sie«, Gerd lächelte verkrampft, »aber das muß ein Irrtum sein.«

»Nein, nein«, sagte die Frau, »ist es nicht.« Sie kramte in der Kasse, zog eines der gelben Bestellformulare heraus, die er selbst noch blank und unausgefüllt in der Tasche trug.

»Da, sehen Sie?«

Gerd sah – eine lange Bestellung, eine hohe Endsumme und die unleserliche Unterschrift des Vertreters.

»Entschuldigen Sie«, brachte er heraus, »dann muß ich mich geirrt haben.«

Er grüßte höflich und verließ den Laden.

Es mußte ein Irrtum sein. Es konnte doch niemand vor ihm die Adressen abgegrast haben, die sein Schwiegervater ihm gegeben hatte. Aber es war kein Irrtum. Er hatte es schwarz auf weiß gesehen.

Gerd zog die Kundenliste zu Rate, betrat jedes Geschäft mit der Vorahnung, es vergebens zu tun; und diese Ahnung wurde schnell Gewißheit.

Überall fertigte man ihn ab – die einen brauchten nichts, die anderen hatten gestern schon bestellt. Man sah ihn an, kühl, abwehrend, oft mißtrauisch.

Gerd wurde sich bewußt, wie jung er noch aussah, und vielleicht gar nicht vertrauenerweckend, vielleicht so, als habe er gar kein Recht, für die Vinca-Kosmetik zu arbeiten.

Aber er hatte ein Recht dazu. Herbert Jacobi hatte ihn doch angestellt.

Gerd konnte es nicht verstehen. Er saß im Wartesaal, wartete auf den Zug, der ihn zurück nach Köln bringen sollte.

Draußen war es schon dunkel. Die Nacht hatte früh den

trüben Tag abgelöst.

Vor Gerd auf dem weißen Tischtuch lag die abgehakte Kundenliste. Er starrte darauf. Keine einzige Bestellung, kein einziger Auftrag war ihm geglückt.

Was sollte er seinem Schwiegervater sagen? Wie sollte er sein Versagen erklären?

Es ist doch nicht meine Schuld, dachte er. Was kann ich dafür, wenn mir jemand zuvorgekommen ist?

Aber wer?

In Köln angelangt, fuhr Gerd direkt zu den Jacobis hinaus.

Herbert war noch nicht da.

»Nun, Erfolg gehabt?« Irmgard nahm Gerd den regennassen Mantel ab und hängte ihn über einen Bügel an die Garderobe. »Geh schon ins Wohnzimmer«, sagte sie, »ich mach' dir was zu essen. Du hast doch sicher Hunger?«

Aber Gerd folgte ihr in die Küche. »Ich hab' keinen Appetit. Ich möchte bloß etwas trinken«, bat er.

Irmgard brühte Tee für ihn auf.

»Wie war der erste Tag?« fragte sie.

»Schlecht.« Gerd hob mutlos die Schultern. Er trank durstig von dem Tee. »Irgend jemand ist mir bei sämtlichen Kunden zuvorgekommen...«

»Das ist nicht möglich!«

»Doch.«

»Aber Herbert selbst hat diesen Bezirk für dich ausgesucht.«

»Ich weiß«, sagte Gerd. »Trotzdem habe ich nicht einen einzigen Auftrag erhalten können.«

Herbert wußte es schon, als er nach Hause kam. Seine Sekretärin hatte ihm die Monatsabschlüsse der anderen Vertreter vorgelegt, und dabei war er auf die Eintragungen aus Siegburg gestoßen, welche Becker gemacht hatte – Hermann Becker, dem eigentlich der Posten des Bezirksvertreters zugestanden hätte.

»Mach dir nichts draus«, beruhigte Herbert seinen Schwiegersohn. »Morgen werde ich das klären. Ich hab' dir eine neue Liste vorbereitet. Du findest sie in deinem Postfach im Büro. Versuch es einmal mit der Werbung neuer Kunden.«

»Wer ist mir denn zuvorgekommen?« fragte Gerd hartnäkkig. »Wer konnte ein Interesse daran haben?«

Herbert zuckte die Achseln. »Das spielt doch keine Rolle. Es genügt, wenn ich es weiß. Laß alles nur meine Sorge sein, denn ich trage ja die Verantwortung.«

In der Martinusstraße, nicht weit von den Büros der Vinca-Kosmetik, befand sich eine Imbißstube.

Die Angestellten der in dieser Straße ansässigen Firmen aßen dort auf Abonnement zu Mittag.

Auch Gerd hatte von Herbert Jacobi solch ein Abonnement erhalten. Es war einfacher für ihn, wenn er hier aß, statt mittags nach Hause zu fahren. Er sparte Fahrgeld, und vor allem Zeit.

Als Gerd an diesem Mittag das Lokal betrat, sah er, daß nur noch ein Platz, rechts unter dem Fenster an einem Zwei-Personen-Tisch, frei war. Gerd schob sich durch den schmalen Gang, der von jungen Leuten verstopft war, die an der Theke zum Essenempfang anstanden.

»Verzeihen Sie, ist hier noch frei?« fragte er.

Der Mann an dem Fenstertisch wandte ihm ein schmales, gelbliches Gesicht zu.

»Oh, guten Tag, Herr Becker«, sagte Gerd.

»Tag.«

»Darf ich mich zu Ihnen setzen?« fragte Gerd.

»Ja.«

Becker drehte wieder den Kopf und zerteilte mit einem kräftigen Gabeldruck die Frikadelle, die in dunkelbrauner Soße auf seinem Teller schwamm.

Gerd legte seinen Musterkoffer auf das Fensterbrett und hängte seinen Mantel an den Garderobenständer.

Dann ging er zurück, reihte sich in die Schlange vor der

Theke ein.

Geschirr klirrte, wenn der nächste an die Reihe kam, sich eine der Platten vom Stapel nahm, das Besteck dazu, den Teller dem Mädchen hinter der Theke hinhielt: eine Schöpfkelle voll Kartoffel, einen Schlag wäßrigen Winterkohl, die dunkelkrustige Frikadelle, einen Klatsch von der Soße.

»Der nächste...«

Klappern des Bestecks, Scheppern des Porzellans, das Mädchen hinter der Theke wischte sich das strähnige Haar aus der Stirn, hob erneut die Schöpfkelle.

Gerd rückte langsam vor. Viel Appetit hatte er nicht, dafür sorgte schon der dichte, fettige Eßgeruch.

»Von allem nur ein wenig«, bat Gerd das Mädchen, als die Reihe an ihm war. Aber sie hörte nicht darauf, handelte wie in einer Art Trance. Klatsch, klatsch, klatsch, dann war auch sein Gedeck gefüllt.

Gerd zwängte sich durch die dichtbesetzten Tische zu seinem Platz unter dem Fenster.

Der Vertreter Hermann Becker hatte sich eine Zigarre angezündet. Er paffte große Wolken grauen Qualms vor sich hin.

Gerd setzte sich, lächelte flüchtig in das gelbliche Gesicht des anderen und begann zu essen.

»Sie haben sich ja fein ins gemachte Bett gesetzt«, sagte Becker nach einer Weile.

Gerd blickte kurz auf, aß aber ruhig weiter.

»Muß ich schon sagen«, fuhr Becker fort in dem näselnden Tonfall des Sachsen. »Aber auf die Beine bringen Sie gar nichts, das versprech' ich Ihnen.«

»Was haben Sie eigentlich gegen mich?« fragte Gerd und legte sein Besteck aus der Hand. »Ich habe Ihnen doch nichts getan?«

Becker zog seine Mundwinkel herunter, sog dann wieder an seiner Zigarre und paffte Gerd den Rauch mitten ins Gesicht.

»Ja, ich hab' was gegen Sie«, sagte Becker. »Wenn Sie nicht

gekommen wären, säß' *ich* jetzt im trockenen.«

Gerd blickte ihn verständnislos an.

»Da kommt der feine Herr Schwiegersohn, und der Papa läßt natürlich alle Möglichkeiten spielen. Tun Sie doch nicht so, als wenn Sie nicht wüßten, was los ist!« fuhr Becker ihn an.

Vom Nebentisch sahen zwei junge Männer neugierig herüber.

»Ich weiß wirklich nicht, was Sie von mir wollen«, sagte Gerd hilflos.

»Aber Sie machen es nicht lang«, fuhr Becker fort, als habe er Gerds Einwand gar nicht gehört. »Sie schaffen es nicht! Bezirksvertreter mit achtzehn Jahren – daß ich nicht lache.« Er stieß wirklich ein meckerndes Lachen aus.

»Ach so«, sagte Gerd flach, denn er verstand mit einem Mal. Becker war der ältere Vertreter, der Anwärter auf den Posten, den er, Gerd, erhalten hatte. Vielleicht war er auch der Mann, der ihm die Aufträge in Siegburg weggeschnappt hatte? Gerd schwankte zwischen Ärger darüber und Mitleid mit dem älteren Mann, der offenbar bitter enttäuscht war.

»Es tut mir leid«, sagte Gerd, »wirklich, Herr Becker. Das müssen Sie mir glauben.«

»Wie leid es Ihnen tut, sehe ich ja«, knurrte Becker. »Die feinen Anzüge, was? Und bald 'nen eigenen Wagen! Jaja, alles vom Schwiegerpapa; alles nur, weil Sie Beziehungen haben!«

»Sie sollten das nicht sagen, Herr Becker.« Ohne daß Gerd es wollte, hob sich seine Stimme. »Ich habe Ihnen nicht absichtlich diese Stelle, auf die Sie scharf sind, weggenommen, und wenn ich mich jetzt darin bewähre und dafür einen Wagen bekomme, dann ist das meine Sache. Das geht Sie überhaupt nichts an.«

»Auch noch frech werden, was?« Becker beugte sich über den Tisch vor. »Das hab' ich gern! Kommt ungefragt an meinen Tisch und spuckt noch große Töne! Aber warten Sie's bloß ab! Ich werde es Ihnen heimzahlen! Alles! Darauf können Sie sich verlassen!«

Gerd schob seinen Stuhl zurück und stand auf. Er nahm wortlos seinen Mantel, seinen Musterkoffer und ging nach draußen.

Becker blickte ihm fast haßerfüllt nach. Ja, heimzahlen würde er es ihm, dem Grünling, dem jungen Spund, der sich schon die Allüren eines großen Herrn aneignete. Darauf konnte er sich verlassen – heimzahlen würde er es ihm, ganz bestimmt...

Gerd vergaß sein Gespräch mit Becker sehr schnell. Hatte es fast schon vergessen, als er die Imbißstube verließ.

Wider Erwarten hatte er in den letzten vier Wochen in der Werbung neuer Kunden einigen Erfolg gehabt.

Jedenfalls so viel, daß Herbert Jacobi mit ihm zufrieden war und ihm einen eigenen Wagen in Aussicht stellte, der ihm die Arbeit erleichtern würde.

Gerd hatte sogar schon mit den Fahrstunden begonnen. Er war stolz darauf, daß er sie aus der eigenen Tasche bezahlen konnte. Er hatte in einem Monat mehr verdient, als er jemals zu hoffen gewagt hatte.

Geldsorgen bedrückten ihn nicht mehr, und das Bedauern über die Aufgabe seines Studiums war dadurch mehr und mehr verblaßt.

Es wäre alles gut gewesen, hätte er sich besser mit Monika verstanden.

Daran dachte er, während er über die Straße schritt, das Geschäftshaus betrat und mit dem Aufzug nach oben ins Büro fuhr.

Monika hatte sich sehr verändert. Immer war sie streitsüchtig, nutzte jeden Anlaß, der sich bot, um mit ihm zu zanken. Sie tat es mit wilder Hartnäckigkeit, verletzte Gerd stets von neuem, indem sie ihm immer wieder vorhielt, was er ihr und ihrer Familie alles zu verdanken habe.

Monika war zuviel allein. Sie hatte zuviel Zeit zum Nachdenken, zum Grübeln, sagte er sich.

Und es war vor allem ihr Zustand, mit dem sie einfach nicht

fertig wurde.

Aber er selbst, wurde er fertig damit?

Er sah Monika vor sich mit ihrem fleckigen Gesicht, dem blonden Haar, das seinen Glanz verloren hatte, dem hochgewölbten Leib und den Beinen, die seltsam dünn wirkten, wie die Beine einer alten Frau. Dazu ihre jetzt stets weinerlichaufsässige Stimme – manchmal haßte er sie deswegen.

Nein, ich hasse sie nicht, dachte er, aber ich kann auch kein Mitleid mit ihr haben. Sie bekommt ein Baby, gut – aber andere Frauen bekommen auch Kinder und sind sicher nicht so wie sie.

Andere Frauen sind älter.

Trotzdem.

Ich bin eben auch noch zu jung.

In den ersten Monaten ihrer Ehe hatte er sich gewünscht, älter zu sein, um Monika besser zu verstehen und gegen die Schwierigkeiten ihres Zusammenlebens besser gewappnet zu sein.

Heute verschanzte er sich dahinter, daß er zu jung sei, ließ es einfach als Entschuldigung gelten.

Herberts Sekretärin erwartete ihn schon.

»Ich brauche noch Ihre Monatsabrechnung, Herr Köhler«, sagte sie.

»Ja, ja, kriegen Sie«, erwiderte er.

Er blätterte in der Post, die sie ihm hinschob, fragte dann: »Ist der Chef nicht da?«

»Noch nicht«, erwiderte Fräulein Hoffmeister und wandte sich wieder ihrer Schreibmaschine zu.

Gerd zündete sich eine Zigarette an. Er hatte sich angewöhnt zu rauchen. Es kürzte die Zeit, wenn er auf langer Bahnfahrt zur Kundschaft unterwegs war.

»Ihre Frau hat übrigens eben angerufen. Sie möchten zurückrufen.« Die Sekretärin hielt einen Augenblick mit Tippen inne.

»Verbinden Sie mich«, sagte Gerd und ging in Herberts Büro hinüber.

Fräulein Hoffmeister blickte ihm nach. Sie schüttelte den Kopf.

Sonderbar, wie schnell Menschen sich verändern, dachte sie. Aus dem stillen, fast schüchternen Anfänger war binnen eines Monats ein selbstbewußter junger Mann geworden, der nicht mehr um etwas bat, sondern forderte: Verbinden Sie mich mit meiner Frau – Geben Sie mir meine Post rüber – Beeilen Sie sich...

Er ist ein bißchen zu selbstbewußt geworden, dachte sie, und gleich darauf: Aber das geht mich ja nichts an. Mir kann es egal sein.

Fräulein Hoffmeister stellte die Verbindung her, wartete, bis Monika sich meldete, legte dann das Gespräch ins andere Zimmer um.

Gerd hatte hinter dem Schreibtisch seines Schwiegervaters Platz genommen.

Er betrachtete einen Prospekt über die neuen Volkswagen, während er auf das Gespräch wartete.

Das Telefon klingelte. Er nahm den Hörer ab.

»Gerd?«

»Ja«, sagte er.

»Ich muß dich sprechen«, bat Monika.

»Ja?«

»Kann ich zu dir in die Stadt kommen?«

»Nein«, erwiderte er schnell, »lieber nicht.«

»Du schämst dich wohl mit mir – weil ich jetzt so dick bin?« Ihre Stimme klang hoch, als wolle sie gleich zu weinen anfangen.

»Quatsch«, sagte er, aber er wußte, daß Monika recht hatte und daß seine Antwort daher nicht sehr überzeugend klang.

»Dann komm nach Hause«, verlangte Monika.

»Das kann ich jetzt nicht. Ich habe noch zu arbeiten.«

»Bitte, Gerd, es ist wichtig.«

»Es hat doch sicher bis heute abend Zeit?«

»Nein!«

»Monika, stell dich doch nicht an! Ich komme heute abend

früh nach Hause...«

Gerd hörte sie aufschluchzen, dann hängte sie ein.

Monika stützte das Kinn in ihre Handflächen. Sie starrte das Telefon an, als sei es ein widerliches, häßliches Insekt.

Dieser Kerl, dachte sie, dieser gemeine Kerl.

Und dann: Ich bin so allein. Niemand kümmert sich um mich. Ich bin so allein.

Monika hatte aufgehört zu weinen. Ihr Gesicht war starr vor Wut und Ärger, weil sie ihre Macht über Gerd verloren hatte.

Sie griff wieder nach dem Telefonhörer, wählte neu.

»Ja, Ihr Mann ist noch da. Einen Augenblick, ich stelle durch«, sagte Fräulein Hoffmeister.

»Köhler?«

»Gerd – mir ist so schlecht, ich – ich hab' solche Schmerzen«, preßte Monika hervor.

Sie hörte, wie er scharf den Atem einsog.

»Leg dich ins Bett«, sagte er dann, »ich komme gleich.«

Monika lächelte vor sich hin, als sie ins Schlafzimmer ging. Sie legte sich, angezogen wie sie war, aufs Bett.

Es dauerte knapp eine Viertelstunde, bis Gerd kam.

Er ging sofort ins Schlafzimmer, lief zum Bett.

»Wie geht es dir? Was ist passiert? Hast du Schmerzen? Ist es – das Baby?«

Gerd strich ihr über die Wange. Monika sah, daß er Angst um sie hatte. Es tat ihr wohl; es war gut, wenn sich jemand um sie sorgte.

»Ich hole den Arzt«, sagte Gerd, »vielleicht ist es schon soweit?«

Monika schüttelte schnell den Kopf. »Nein, bitte nicht.«

»Doch«, beharrte Gerd, »ich rufe den Arzt.« Er ging hinaus.

Monika lag still, bis sie hörte, daß er wirklich telefonierte. Da sprang sie auf und lief hinüber.

Sie schlug die Telefongabel mit der flachen Hand herunter.

Gerd starrte sie verständnislos an. »Aber – was soll denn das?«

Monika lachte laut auf, konnte sich nicht beherrschen.

»Mir ist gar nicht schlecht«, sagte sie, »mir geht es prima, damit du es nur weißt! Aber wenn du keine Zeit mehr für mich hast, wenn du...« Sie verstummte.

»Sieh mich nicht so an«, flüsterte sie dann. Unwillkürlich trat sie einen Schritt zurück. »Gerd...«

»Ist schon gut«, sagte er. »Ich weiß ja Bescheid.«

Er verließ die Wohnung ohne ein weiteres Wort.

Zum Abendessen kam Gerd nicht nach Hause.

Mitternacht war vorbei, als er zurückkehrte.

Monika lag im Bett und lauschte, hörte, wie er in die Küche ging, hörte das Klappen der Eisschranktür, dann die Schritte in der Diele und im Wohnzimmer.

Gerd betrat das Schlafzimmer nicht.

Monika wartete eine Zeitlang. Hörte nichts mehr und schlief ein.

Am Morgen fand sie Gerd auf der Couch im Wohnzimmer. Er schlief noch. Sie beugte sich über ihn und roch, daß er Alkohol getrunken hatte.

Angewidert stakste sie ins Schlafzimmer zurück und legte sich wieder ins Bett.

Später hörte sie, daß er sich in der Küche ein Frühstück bereitete, hörte ihn auch im Bad, als er duschte.

Dann kam er ins Schlafzimmer, nahm ein frisches Hemd und den Flanellanzug aus dem Schrank.

Monika hatte die Augen geschlossen, tat, als ob sie schliefe.

Von diesem Tag an sprachen sie drei Tage lang nicht miteinander.

Bis das geschah, womit Monika niemals mehr gerechnet hatte: Ihre »hilfsbereite, längst vergessene Freundin« Ingrid rief an und bestand darauf, sich mit Monika in der Stadt zu treffen.

Das Mädchen Ingrid hatte ihr schwarzes Haar modisch gestutzt. Sie trug schwarze Lackpumps mit bleistiftdünnen Absätzen und einen Mantel aus weißem Lammfell.

Monika erkannte sie kaum wieder.

»Tag, Ingrid«, sagte sie und trat zu dem weißen Kabriolett, aus dem das Mädchen gestiegen war und dessen Türen sie nun abschloß.

Ingrid wandte sich ihr zu. Sie lächelte dünn. »Du hast es dir also doch überlegt und bist gekommen. Ich dachte schon, du hättest für deine beste Freundin nichts mehr übrig.« Sie hob spöttisch die Brauen. »Und wie geht es dir, glücklich verheiratet und bald Mama?«

»Gut«, erwiderte Monika, »danke.« Aber sie war sich ihres fleckigen Teints bewußt und der Schwere ihrer Gestalt, die auch der weiche, weite Wintermantel nicht verbergen konnte.

»Eigentlich bin ich schrecklich böse auf dich«, sagte Ingrid. »Du hast nie mehr etwas von dir hören lassen, obwohl ich dir doch so geholfen habe.«

Ein kaltes Glitzern trat in ihre Augen. »Das heißt, ich wollte dir helfen – aber du warst ja zu feige.«

Monika spürte, wie sie errötete.

»Es – es tut mir leid, aber weißt du – ich konnte es einfach nicht tun.« Sie senkte verwirrt den Kopf.

»Mach nicht solch ein Gesicht«, sagte Ingrid, »komm, wir gehen Kaffee trinken.«

»Nein, lieber nicht«, erwiderte Monika hastig. »Ich muß gleich wieder nach Hause. Ich wollte bloß ...«

Statt einer Erwiderung faßte Ingrid Monikas Arm und überquerte mit ihr die regenschlüpfrige Fahrbahn. Der Himmel hing wie ein grauverwaschenes Tuch in die Straße. Es war noch früh am Nachmittag, aber schon dunkelte es.

Die beiden Mädchen betraten ein kleines Café. Wärme und der Duft nach frischem Weihnachtsgebäck empfing sie.

Monika spürte, wie ihr die Übelkeit bitter in den Hals schoß. Das war schon seit ein paar Tagen so, immer, wenn sie etwas Eßbares roch.

»Ich kann wirklich nichts essen«, sagte sie, »bitte, ich trinke nur einen Tee.« Sie ließ sich müde, wie sie nun stets war, auf einen der Stühle um das runde Marmortischchen sinken.

Ingrid betrachtete sie spöttisch, prüfend, während sie sich langsam eine Zigarette anzündete, tief daran sog.

»Es scheint gar nicht so einfach zu sein, ein Kind zu kriegen? Was?«

»Nein«, stieß Monika hervor. »Ich wünschte...« Sie brach ab, fragte dann schnell: »Seit wann hast du ein Auto?«

Ingrid hob vage die Schultern. »Seit ein paar Wochen. Ich bin nämlich auch von der Schule gegangen.« Sie verschwieg wohlweislich, daß ihr wegen der schlechten Leistungen nichts anderes übriggeblieben war.

»Mußt du – vielleicht auch heiraten?« fragte Monika.

Ingrid lachte hell auf. »Dummkopf! Heiraten! Ich genieße mein Leben!«

»Ja«, sagte Monika, »das tust du wohl.« Sie rührte den Tee nicht an, den die Serviererin vor sie hinstellte. Mit Ekel und geheimem Neid zugleich sah sie Ingrid zu, die ein Stück Schokoladentorte verzehrte.

»Ich werde mein Leben auch genießen«, sagte Monika in plötzlichem Entschluß. »Wenn das Kind erst mal da ist...«

»Wie lange dauert es noch?« fragte Ingrid.

»Nicht mehr ganz zwei Monate.«

»Na ja«, Ingrid zuckte die Schultern, »die gehn auch noch vorbei.«

»Findest du mich sehr häßlich – jetzt?« fragte Monika zögernd.

»Och – es geht«, erwiderte Ingrid gleichgültig. Sie zündete sich eine frische Zigarette an, betrachtete dann angelegentlich ihre rotgelackten Nägel.

»Ich hätte dich übrigens schon längst mal besucht«, fuhr Ingrid fort, »aber ich wußte ja nicht, wo du nun wohnst. Du hast mich überhaupt schön reingelegt: Damals hast du mich angefleht, dir zu helfen. Dann hast du Angst gekriegt, bist abgehauen und hast nie wieder etwas von dir hören lassen.«

»Die Frau hat mich weggeschickt«, sagte Monika hilflos.

»Sie hat eben gemerkt, daß du Angst hattest.« Ingrids Augen glänzten wie schwarze Steine, kalt und undurchdringlich. »Du hast mir sehr viel Ärger gemacht, sehr viel...«

»Das tut mir leid«, erwiderte Monika leise.

»Ich hab' noch ganz schön blechen müssen«, sagte Ingrid.

»Wie – wie meinst du das?« fragte Monika verständnislos. »Die Frau hat doch gar nichts gemacht...«

»Na ja«, sagte Ingrid, »wegen des Risikos. Wir wußten doch nicht, ob du zur Polizei laufen würdest.«

»Zur Polizei?«

»Deinen Eltern hast du es bestimmt erzählt?«

»Nein«, sagte Monika. »Nein, das habe ich nicht!«

»Ich seh' es dir doch an.«

»Nein.« Monika schüttelte wild den Kopf. »Ich habe es niemandem gesagt.« Sie spürte, wie Angst sie ergriff. Was wollte Ingrid von ihr? Monika wünschte, sie hätte nicht nachgegeben und sich nicht mit ihr getroffen. Sie wünschte sich, weit fort zu sein.

Ingrid beugte sich über den Tisch vor. »Ich habe noch fünfhundert Mark bezahlen müssen«, zischte sie, »und frag mich nicht, woher ich sie genommen habe.«

»Das tut mir leid«, stammelte Monika.

»Ich dachte mir, eines Tages wird sie dir das Geld schon zurückgeben. Ich dachte mir, ich warte einmal ab, bis wir uns treffen – bevor ich zu deinen Eltern gehe.«

»Ich – aber ich habe doch gar kein Geld«, flüsterte Monika.

»Nein?« lächelte Ingrid.

»Bestimmt nicht«, sagte Monika. »Ich würde dir ja welches geben, aber ich habe wirklich keines.«

»Aber dein Vater hat doch Geld? Oder wäre es dir vielleicht unangenehm, wenn ich ihn darum bitten würde?«

Monika starrte das schwarzhaarige Mädchen an, sah die glitzernden kalten Augen, den schmalen, rotgefärbten Mund, der gar nicht in das junge Gesicht mit den runden Wangen passen wollte.

»Du bist schlecht«, sagte Monika, »du bist ein schlechter Mensch.«

»Wirklich?« fragte Ingrid. »Vor wenigen Monaten warst du noch anderer Ansicht. Da war ich deine beste, deine einzige Freundin... Schämst du dich nicht, so undankbar zu sein?«

Ingrid winkte die Serviererin heran. »Zahlen bitte.«

»Zusammen?« fragte das Mädchen.

»Ja.«

»Nein, ich bezahle meinen Tee selbst.« Monika zog schnell ihr Portemonnaie heraus.

»Wie du willst«, lächelte Ingrid.

Monika erwiderte nichts.

Sie gingen stumm durch die Reihe der runden Marmortische nach draußen.

»Steig ein, ich fahr' dich nach Hause«, sagte Ingrid.

Monika schüttelte den Kopf.

»Stell dich doch nicht so an«, zischte die andere, »du benimmst dich wie ein kleines Kind.«

»Ich mag nicht, daß du noch etwas für mich tust«, erwiderte Monika.

»Tu, was du willst.« Ingrid hob die Schultern. Dann trat sie noch einmal nah an Monika heran. »Aber besorg das Geld. Am Montag hole ich es mir.«

Monika blieb wie erstarrt stehen. Sah zu, wie Ingrid zu ihrem Wagen stakste, einstieg, die Tür zuknallte. Der Motor heulte auf. Der Wagen schoß davon.

Fünfhundert Mark bis zum Montag, dachte sie, das sind noch drei Tage.

Wie soll ich bis dahin das Geld bekommen? Woher soll ich es nehmen?

Ich muß meinen Vater darum bitten.

Das kann ich nicht, diesmal nicht.

Gerd?

Er hat ja gar nicht soviel Geld.

Aber was soll ich tun?

Was soll ich bloß tun? dachte sie. Der Gedanke, daß dieses Mädchen, das sich ihre Freundin nannte, nichts, aber auch gar nichts unternehmen konnte, wenn sie das Geld nicht beschaffte, kam Monika nicht. Dazu war sie zu jung, zu naiv. Einer Drohung, und war sie noch so fadenscheinig, hatte Monika nichts entgegenzusetzen als Furcht.

Monika hatte einfach Angst, eine panische Angst vor Ingrid, vor dem, was dieses Mädchen von ihr wußte: daß sie, Monika, versucht hatte, ihr Kind abzutreiben.

Monika hatte nie ausführlich mit ihren Eltern oder Gerd darüber gesprochen. Sie hatte im unklaren gelassen, was sie wirklich an jenem Nachmittag beabsichtigt hatte. Und es war ihr sogar gelungen, eine plausible Ausrede dafür zu finden, daß sie damals ihrem Vater hundert Mark aus der Kassette genommen hatte.

Monika fühlte sich müde und zerschlagen, als sie zu Hause ankam. Ihre Beine schmerzten bis zu den Hüften. Sie ging sofort ins Schlafzimmer und legte sich zu Bett.

Wie so oft gelang es ihr bald, sich aus ihren Sorgen in den Schlaf zu flüchten.

Gerd nahm zwei Stufen auf einmal, als er die Treppe zu ihrer Wohnung hinauflief. Er pfiff vor sich hin.

Doch die gute Laune verging ihm bald, als er die Wohnung betrat. Nirgendwo brannte Licht. Monika schien nicht dazusein – oder sie lag wieder im Bett.

Im Wohnzimmer auf dem Couchtisch stand ein Teller, auf dem kalte, unansehnliche Essensreste vom Mittag klebten.

Angewidert trug Gerd den Teller in die Küche.

Im Eisschrank fand er nichts als zwei Eier und einen Rest Margarine.

Ärgerlich stapfte er durch die Diele ins Schlafzimmer.

Monika fuhr hoch, als er das Licht anknipste.

»Guten Abend«, murmelte sie und rieb sich die geblendeten Augen.

»Was ist mit dir los?« Gerds Stimme klang hart und hoch

vor Wut. »Warum liegst du schon im Bett?«

»Sprich nicht so mit mir«, murmelte Monika, »mir war nicht gut.«

»Du hättest wenigstens dafür sorgen können, daß etwas zu essen im Haus ist.«

Monika stand langsam auf. Es bereitete ihr Mühe, aber Gerd rührte es nicht.

»Du verdirbst einem jedesmal die Laune«, sagte er. »Immer ist irgend etwas nicht in Ordnung, wenn ich nach Hause komme.«

Ganz gegen ihre Gewohnheit schwieg Monika, erwiderte nichts darauf.

Sie wusch ihr Gesicht im Bad, kämmte sich vor dem Spiegel und folgte Gerd dann in die Küche.

»Bitte, schneid Brot«, sagte sie. »Ich mach' uns Spiegeleier.« Sie stellte die Pfanne auf den Elektroherd, tat Fett hinein, schlug die Eier auf.

Sie deckte den Tisch, schichtete das Brot in einen Bastkorb.

»In der Kammer sind auch noch ein paar Tomaten«, sagte sie.

Gerd holte die Tomaten.

Monikas Nachgiebigkeit versöhnte ihn. Er aß mit gutem Appetit, nahm auch noch ihren Teller, als sie ihn unangerührt zurückschob.

»Hast du heute viel Arbeit gehabt?« fragte sie.

»Ja«, sagte er. »Ziemlich – aber auch Erfolg.« Er lächelte stolz vor sich hin. Er hatte so viel Erfolg gehabt, daß er den von Herbert versprochenen Wagen selbst bezahlen konnte. Aber das wollte er vorläufig noch für sich behalten, damit würde er erst später herausrücken.

»Ich war in der Stadt«, erzählte Monika. »Ich bin spazierengegangen ...« Und mit plötzlichem Entschluß: »Ich habe Ingrid getroffen.«

»So?« fragte Gerd uninteressiert.

»Sie hat jetzt ein Auto«, sagte Monika. »Einen schicken Sportwagen.«

»So – ein Kabriolett?« Gerd hatte eine Zeitung aus der Jakkettasche gezogen und vertiefte sich in die Anzeigen des Automarkts.

Monika biß sich auf die Lippen, war mit einemmal unsicher. Dachte, ich kann es ihm doch nicht sagen. Wenigstens jetzt nicht, vielleicht morgen...«

»Was für ein Sportwagen ist es denn?« fragte Gerd.

»Irgend etwas Ausländisches«, erwiderte sie.

»Vielleicht krieg' ich auch einen«, sagte er.

»Du?« fragte sie verblüfft.

»Warum nicht?« erwiderte Gerd betont gleichgültig.

»Aber mein Vater kauft uns doch bloß einen Volkswagen?«

»Nicht dein Vater kauft den Wagen, sondern ich selbst.« Gerd lächelte sie stolz an. »Ja, da staunst du! Ich habe heute einen ganz großen Auftrag abgeschlossen! Das neue Warenhaus in Deutz bringt in seiner Kosmetikabteilung nur unsere Fabrikate. Das hab' ich fest und sicher in der Tasche!«

»Und da verdienst du so viel?«

Gerd nickte. »Zweitausend Mark auf einen Schlag – für die erste Bestellung. Ich hab' sie sogar schon.«

Beinahe umständlich zog er einen Briefumschlag hervor, klappte ihn auf und entnahm ihm zwei Bündel Hundertmarkscheine.

Eine Note nach der anderen blätterte er vor Monika auf den Tisch.

Sie saß da und starrte auf das Geld und spürte die Erleichterung wie kühlen Regen, der nach einem heißen Sommertag fällt.

Und sie dachte, jetzt brauche ich keine Angst mehr zu haben, jetzt wird alles gut. Was Gerd gehört, gehört auch mir. Ingrid braucht nicht einmal drei Tage auf ihr Geld zu warten.

5

Monika lag in ihrem Bett und lauschte auf den Schlafatem von Gerd. Wenn sie die Hand ausstreckte, konnte sie seinen Rükken berühren.

Der Mond warf bleichen Schein durch die Vorhänge ins Zimmer. Monikas Augen hatten sich an das graue Dunkel gewöhnt, und auf dem Bügel neben dem Schrank konnte sie Gerds Jackett erkennen, in dessen linker Innentasche er das Geld verwahrte – zweitausend Mark.

Es ist auch mein Geld, dachte sie. Gerd ist mein Mann, und was ihm gehört, gehört auch mir.

Aber ich darf es nicht heimlich nehmen.

Wenn ich ihn darum bitten würde, gäbe er es mir nicht.

Ich habe es ja gar nicht versucht.

Weil ich weiß, daß er mich höhnisch auslachen würde. Keinen Pfennig bekäme ich von ihm.

Aber wenn ich ihm sagte, daß ich es für Ingrid brauche? Ich will es ja gar nicht für mich, sondern für sie, damit sie den Mund hält.

Ich kann es ihm nicht erzählen. Ich habe Angst davor. Ich fürchte mich vor ihm.

Ich sage ihm lieber nichts. Wenn er morgen merkt, daß Geld fehlt, dann glaubt er vielleicht, er hat es verloren. Er muß einfach glauben, daß er es verloren hat.

Und wenn er es noch einmal nachzählt, bevor er fortgeht, um den Wagen zu kaufen? – Ich sage einfach, ich wollte ihn ärgern.

Aber dann muß ich das Geld zurückgeben...

Monika schlug vorsichtig die Bettdecke zurück. Sie richtete sich auf; sie schwang die Beine aus dem Bett, krümmte sekundenlang die Zehen, als sie den kalten Boden berührten.

Gerd murmelte im Schlaf. Monika saß regungslos auf der Bettkante. Aber er erwachte nicht.

Sie stand auf. Schlich zum Schrank hinüber.

Lautlos griff sie in die Jackettasche, zog den Briefumschlag hervor, zählte mit Fingern, die feucht vor Aufregung waren, fünf Scheine ab, steckte den Rest wieder zurück in den Umschlag und in die Tasche.

Sekundenlang hielt sie das Geld unschlüssig in der Hand, dann öffnete sie die Tür, trat hinaus in den Flur.

Sie ging ins Bad.

Verwahrte das Geld im Apothekerschränkchen in einer leeren Tablettenhülse.

Als sie wieder in ihrem Bett lag, konnte sie nicht einschlafen.

Sie spürte, wie ihr Herz klopfte, heftig und unregelmäßig.

Sie wollte es nicht, aber sie dachte, ich habe Gerd bestohlen. Das dachte sie wieder und wieder, bis es Morgen wurde.

Das Frühstück verlief wie gewöhnlich.

Gerd stand als erster auf, tappte schlaftrunken ins Bad. Monika hörte ihn gurgeln und dann unter der Dusche stöhnen und japsen.

Sie hörte, wie er durch die Diele ging, und wußte, er trug jetzt seinen weißen Bademantel. Er holte die Brötchen und die Milch vom Flur herein und setzte Kaffeewasser in der Küche auf.

Es war alles wie immer.

Monika stand auf. Von Morgen zu Morgen wurde es beschwerlicher, von Tag zu Tag quälte sie die Übelkeit mehr.

Bevor Gerd ins Schlafzimmer zurückkehrte, entwich Monika ins Bad. Sie wollte es so lange wie möglich hinauszögern, Gerd an diesem Morgen zu begegnen.

Sie zog ihren Morgenmantel an, putzte sich die Zähne, wusch ihr Gesicht, kämmte sich und ging dann in die Küche. Sie hörte, daß Gerd im Wohnzimmer das Radio einschaltete. Kurz darauf verkündete der Nachrichtensprecher absinkende

Temperaturen, Schneefall auch in den Niederungen... Monika deckte den Frühstückstisch. Mit plötzlichem Heißhunger biß sie in eines der noch warmen, knusprigen Brötchen. Gleich darauf mußte sie ins Bad laufen, sich erbrechen.

Auch das war fast jeden Tag so.

»'n Morgen«, sagte Gerd, als er in die Küche trat.

»Guten Morgen«, erwiderte sie.

»Wenn du magst, kannst du mit mir in die Stadt kommen«, schlug er vor. »Ich will mir ein paar Gebrauchtwagen ansehen.«

»Nein, nein«, erwiderte sie schnell. »Ich fühl' mich zu schlecht.«

»Kann ich etwas besorgen?« fragte er.

»Nein, danke.«

Monika vermied es, ihn anzusehen. Sie goß ihm Kaffee ein.

»Seit drei Tagen hast du keine Butter im Haus«, murrte er. »Vergiß sie wenigstens heute nicht. Morgen ist Sonntag.«

»Immer muß ich an alles denken. Du könntest mir ja auch mal was abnehmen.«

Gerd zuckte die Schultern und stand auf. »Tschö, bis heute mittag.« Er küßte Monika flüchtig auf die Wange.

Durch die offene Tür sah sie, wie er vor dem Spiegel in der Diele seine Krawatte zurechtzog, dann in seinen Mantel schlüpfte.

Ohne einen Blick zurückzuwerfen, verließ Gerd die Wohnung.

Monika spürte mit einemmal, daß ihre Stirn feucht von Schweiß war.

Sie ließ die Küche unaufgeräumt wie sie war, ging ins Wohnzimmer.

Mit zitternden Händen wählte sie Ingrids Telefonnummer.

»Komm sofort«, sagte sie, als diese sich meldete. »Ich hab' das Geld.«

Und sie dachte, wenn ich das Geld los bin, dann bin ich auch die Angst los.

Zur gleichen Zeit saßen Monikas Eltern am Frühstückstisch. Gegen seine Gewohnheit las Herbert heute morgen die Zeitungen nicht.

»Willst du mir nicht sagen, was mit dir los ist?« bat Irmgard. Sie bemühte sich um ein Lächeln, aber es wollte ihr nicht ganz gelingen.

»Hat es etwas mit dem Geschäft zu tun?« fragte sie.

Sie träufelte Honig auf die flache Hälfte des Brötchens und reichte es dann Herbert hinüber.

»Ich hab' mich gestern abend geärgert«, sagte er.

»Das war dir anzumerken«, erwiderte Irmgard sanft.

»Weißt du, dem Jungen scheint das bißchen Erfolg, das er in der letzten Zeit gehabt hat, in den Kopf gestiegen zu sein.«

»Meinst du Gerd?« fragte Irmgard verwundert. »Aber er ist doch so ein bescheidener, ruhiger Junge.«

»Das war er mal«, erwiderte Herbert bitter. Er schob seinen Frühstücksteller zurück, ohne das Brötchen berührt zu haben. »Komisch, wie ein bißchen Geld, ein bißchen Erfolg einen Menschen verändern.«

»Gerd ist noch so jung«, wandte Irmgard ein. »Er kennt eben noch nicht das richtige Maß.«

»Gerade das ist es ja, was mir Sorgen macht.« Herbert zündete sich eine Zigarette an. Gewöhnlich vermied er es, schon beim Frühstück zu rauchen, aber er war in einer unruhigen, bedrückten Laune, und er hoffte, die Zigarette würde ihn ein wenig entspannen. Schließlich konnte er nicht gut am Morgen einen Cognac trinken.

»Was ist denn nun eigentlich geschehen, das dich gegen den Jungen so aufbringt?« fragte Irmgard.

»Er hat gestern einen Auftrag mit diesem neuen Kaufhaus in Deutz abgeschlossen. Sie bringen nur unsere Präparate. Eine ziemlich große Sache...«

»Darüber müßtest du dich doch freuen«, unterbrach Irmgard ihn.

»Ja«, gab er zu, »aber als Gerd anschließend ins Büro kam, verlangte er seine Provision direkt und in bar ausgezahlt. Ich war zufällig nicht im Büro. Als ich dann kam, erfuhr ich gleich, warum Gerd das Geld sofort wollte: Er hat Becker den Auftrag vor der Nase weggeschnappt.«

»Aber das ist doch kein Grund, sich zu ärgern. Schließlich hat Becker mehr als einmal versucht, dem Jungen einen Stein in den Weg zu legen.«

»Mir gefällt die Art nicht, wie Gerd dies alles gemacht hat. Er wischt Becker eins aus, läßt sich zweitausend Mark Provision auf einen Schlag auszahlen und tut dies alles, während ich nicht da bin.«

»Sprich mit ihm«, bat Irmgard, »mach ihm klar, daß du keine Geschichten hinter deinem Rücken magst. Ich bin sicher, er wird sich bei dir entschuldigen –«

»Was hab' ich davon?« unterbrach Herbert sie. »Becker wird schäumen, sobald er am Montag davon erfährt. Vielleicht kündigt er sogar, und du weißt, daß er einer meiner besten Vertreter ist. Ich wünschte, ich hätte Gerd damals nicht vorgezogen.«

»Vielleicht nimmst du das alles viel zu schwer«, sagte Irmgard, »mit ein paar klugen Worten kann man jede Verstimmung aus dem Weg räumen.«

»Hoffentlich hast du recht«, Herbert stand auf, »aber ich hab' da so eine Ahnung – ach, lassen wir es. Es hat keinen Zweck, sich den Kopf darüber zu zerbrechen.«

Irmgard sah ihm vom Wohnzimmerfenster aus nach, als er das Haus verließ und zur Garage ging.

Er blickte sich noch einmal um und hob grüßend die Hand.

Irmgard lächelte, winkte zurück.

Wenn ich ihm doch helfen könnte, dachte sie. Wenn ich uns nur helfen könnte.

Vielleicht sollte ich einmal bei den Kindern nach dem Rechten sehen? Mit Monika sprechen, damit sie Gerd beeinflußt?

Aber wie sollte Monika Gerd beeinflussen? Ihm sagen: Vergiß nicht, was du meinem Vater zu verdanken hast? Übergeh ihn nicht bei wichtigen Entscheidungen – mein

Gott, das klang so nach geforderter Dankbarkeit! Das war sicherlich nicht das Richtige.

Aber ich sollte sowieso mal zu Monika gehen. Mich jetzt ein bißchen mehr um sie kümmern.

Monika öffnete noch im Nachthemd und Morgenmantel. Irmgard erschrak über die Veränderung, die mit dem Gesicht ihrer Tochter vor sich gegangen war.

Es fiel ihr schwer, Monika unbefangen in den Arm zu nehmen. Ihr Gesicht war verquollen, die Stirn fleckig, das Haar dunkel und strähnig, als sei es lange nicht gewaschen worden.

»Ich schaff' es einfach nicht mehr«, murmelte Monika, die ihre Mutter in das unaufgeräumte Wohnzimmer führte. »Ich bin immer so müde und schlapp.« Sie ließ sich auf die Couch sinken, sah apathisch zu, wie ihre Mutter Ordnung schaffte.

»Ich werd' jetzt öfter kommen«, versprach Irmgard energisch; »sollst mal sehen, wenn erst das Baby da ist, dann fühlst du dich auch wieder ganz anders.«

Das Baby – damit fiel Monika die Freundin ein. Ingrid mußte jeden Augenblick kommen. Und sie durfte nicht mit ihrer Mutter zusammentreffen.

Schreck durchzuckte Monika, als draußen das Brummen eines Wagens schnell näher kam – dann erstarb.

Monika stand auf und lief, so schnell sie es vermochte, zum Fenster.

»Erwartest du jemand?« fragte Irmgard verblüfft.

»Ja – es soll – ach Mammi, gehst du bitte einen Augenblick ins Schlafzimmer? Weißt du – es soll eine Überraschung sein.«

»Aber Kind...«

»Ach, bitte Mammi...« Tränen schossen in Monikas Augen.

Irmgard hob verständnislos die Schultern, schritt aber ins Schlafzimmer.

Monika zog hinter ihr die Tür ins Schloß.

Dann klingelte es.

Monika drückte auf den Öffner.

Rasche Schritte kamen die Treppe hoch.

Monika öffnete die Wohnungstür.

»Schnell, ins Wohnzimmer. – Meine Mutter ist da.«

»Dann komm' ich lieber nicht herein.« Ingrid wich einen Schritt zurück. Auf ihren Wangen erschienen rote Flecken.

»Warte.« Monika ging ins Bad, kam gleich darauf mit dem Geld zurück.

»Ist das alles?« fragte Ingrid. »Sind das auch fünfhundert?«

»Ja«, preßte Monika hervor, »und laß dich jetzt nur nicht mehr hier sehen.«

In diesem Augenblick öffnete sich die Schlafzimmertür, und ihre Mutter trat heraus.

Nichts in Irmgards Gesicht verriet, daß sie die bruchstückhafte Unterhaltung, einer plötzlichen Eingebung folgend, belauscht hatte.

»Das ist aber nett, daß Sie Monika einmal besuchen. Sie sind doch Ingrid, nicht wahr?« wandte sie sich an das schwarzhaarige Mädchen.

Ingrid schluckte, wollte etwas sagen, aber dann nickte sie nur.

»Monika, warum führst du deine Freundin denn nicht herein?« fragte Irmgard, und immer noch klang ihre Stimme verbindlich, freundlich, als sei sie vollkommen ahnungslos.

»Bitte.« Irmgard öffnete die Wohnzimmertür. Ingrid trat zögernd durch die Diele in das Wohnzimmer. Sie hielt die eine Hand krampfhaft in der Tasche ihres Kamelhaarmantels.

Irmgard bemerkte es genau, aber sie tat, als sehe sie es nicht.

»Wollen Sie nicht den Mantel ausziehen?« fragte sie.

»Nein, bitte nicht«, erwiderte Ingrid hastig. »Ich friere so leicht. Ich bin auch nur auf einen Sprung gekommen.«

»Monika, willst du deiner Freundin nicht etwas anbieten, vielleicht eine Tasse Kaffee?«

»Bitte, machen Sie sich keine Mühe, ich muß ja doch gleich gehen.«

Immer noch lächelnd, drückte Irmgard das schwarzhaarige

Mädchen in einen Sessel.

»Bitte, Monika, mach uns einen Kaffee«, sagte sie mit einer Stimme, die keinen Widerspruch duldete, aber dennoch leise und nicht etwa scharf klang.

Doch im gleichen Augenblick, als sich hinter Monika die Tür schloß, fiel das Lächeln von Irmgards Gesicht.

»Schämen Sie sich nicht?« fragte sie. »Was müssen Sie nur für ein Mensch sein!«

Ingrid zuckte zusammen. Ihre Augen irrten ab. Dann sprang sie auf.

»Geben Sie mir das Geld zurück«, sagte Irmgard. »Aber ein bißchen schnell.«

»Ich weiß nicht, wovon Sie sprechen«, stammelte das Mädchen.

»Das wissen Sie ganz genau! Erpressung nennt man so etwas.«

»Ich verbitte mir...«

»Sie verbitten sich gar nichts.« Irmgards Stimme hob sich. »Sie haben schon einmal Monikas Naivität und Dummheit ausgenützt. Sie hätten Monikas Leben auf dem Gewissen haben können. Statt froh zu sein, daß wir damals nichts gegen Sie unternommen haben, versuchen Sie nun auch noch, Geld daraus zu schlagen. – Also geben Sie es schon her!«

Alle Farbe war aus dem Gesicht des Mädchens gewichen. Der bräunliche Puder auf ihren Wangen konnte nicht darüber hinwegtäuschen.

Ingrid zog das Geld hervor.

Irmgard zählte die Scheine. Es waren wirklich fünfhundert Mark.

»Sie können gehen«, sagte Irmgard. »Und das eine rate ich Ihnen: Lassen Sie sich nie mehr hier blicken. Wenn Sie es aber dennoch tun sollten – vielleicht interessiert es Ihre Eltern, was für eine Tochter sie haben.«

Irmgard spürte, wie ihre Knie zitterten. Es gelang ihr nur mühsam, die Hände ruhig zu halten und das Geld in die Tasche ihres Kostüms zu stecken.

Sie schob Ingrid vor sich her aus der Diele, schloß nachdrücklich die Wohnungstür hinter ihr.

Einen Augenblick lang lehnte sie sich gegen die Wand. Ihr Herz schlug dumpf und schwer. Sie konnte es bis in den Hals hinein spüren.

In der Küche saß Monika am Tisch. Sie hatte das Gesicht in die Hände vergraben. Ihr Schluchzen klang wie das Weinen eines Kindes.

»Es ist alles gut«, sagte Irmgard. »Es ist ja alles gut.«

Sie streichelte den weichen Nacken unter dem blonden Haar. »Warum hast du uns nur nichts davon gesagt? Warum hast du so wenig Vertrauen zu uns?«

»Ich hatte solche Angst«, schluchzte Monika, »solche Angst...«

»Wenn ich nicht zufällig gekommen wäre... Aber woher hast du überhaupt das Geld?« fragte Irmgard. Sie legte die fünfhundert Mark vor Monika auf den Tisch.

»Ich – ich hab' es von Gerd.«

»Hat er es dir gegeben?«

Monika schüttelte stumm den Kopf.

»Aber Kind, wie konntest du so etwas tun?«

»Ich hatte doch solche Angst. Ich dachte, Ingrid geht zur Polizei... Und überhaupt, Gerd hätte mir das Geld ja gar nicht gegeben. Er ist ganz anders geworden. Er mag mich nicht mehr. Wir zanken uns bloß noch, und dann geht er immer weg und läßt mich allein. Er ist schon oft eine ganze Nacht lang weggeblieben, und er hat mir nicht erzählt, wo er war. Verstehst du, er sagt mir nie etwas... Ich bin ja so allein! Mammi, nimm mich doch wieder mit nach Hause... Bitte Mammi, ich will nicht mehr hierbleiben... Bitte, liebe, liebe Mammi...« Monika klammerte sich an ihre Mutter, preßte ihr Gesicht an deren Taille. Irmgard konnte durch den Stoff des Kostüms den heißen, stoßweisen Atem ihres verlorenen Schluchzens spüren.

»Ich nehm' dich ja mit«, sagte Irmgard, »wenn du es wirklich willst, nehme ich dich ja mit nach Hause.«

»Ich will auch alles tun, was du sagst«, schluchzte Monika, »ich will auch ganz brav sein.«

Mein Gott, dachte Irmgard, das ist nun eine erwachsene Frau, sollte es wenigstens sein, bekommt ein Kind und ist selber noch eines.

Sie fuhr herum, als hinter ihnen die Tür aufgestoßen wurde.

Gerd stand da, atemlos, mit gerötetem Gesicht.

»Wo ist das Geld?«

Monika hob den Kopf, starrte ihn mit offenem Mund an.

»Du hast mir Geld geklaut«, sagte er, »du hast mir Geld gestohlen, das ich sauer verdient habe, von dem ich mir einen eigenen Wagen kaufen wollte, einen eigenen, verstehst du?«

»Aber Gerd«, sagte Irmgard.

Er beachtete sie gar nicht.

Er war mit einem Schritt bei ihnen, faßte Monika am Arm, rüttelte sie. »Rück es raus... Los...!«

»Gerd, hör auf!« befahl Irmgard. »Da, auf dem Tisch liegt dein Geld.«

Er sah die Scheine, griff danach, steckte sie schnell ein.

»Das hätte ich nie von dir gedacht, Monika, das nicht!« schrie er.

»Gerd, laß dir doch erklären. Benimm dich nicht wie ein Verrückter...«

»Was gibt es denn da zu erklären? Monika hat mich bestohlen, und damit basta!«

»Wenn sie mehr Vertrauen zu dir haben könnte, hätte sie es nicht getan«, sagte Irmgard scharf. Aber die Stimme gehorchte ihr nicht mehr ganz. Es war auch ein bißchen viel auf einmal – erst dieses Mädchen Ingrid, und nun Gerd. Plötzlich sah sie ihn auch mit den Augen ihres Mannes: Gerd war ein Junge, den ein bißchen Erfolg größenwahnsinnig und unverschämt gemacht hatte, dem ein bißchen Anerkennung zu Kopf gestiegen war.

»Ich nehme Monika jetzt mit mir nach Hause.« Irmgard zwang sich, ruhig zu bleiben. »Wenn es dich interessiert, wofür sie das Geld genommen hat, kannst du ja bei uns vorbeikommen.«

»Aber Mammi«, flüsterte Monika.

»Komm, Kind«, sagte Irmgard. »Wir müssen alle erst wieder richtig zur Besinnung kommen.«

Energisch schritt Irmgard in das Schlafzimmer ihrer Tochter. Sie hob den Koffer vom Schrank, legte ein paar Kleider hinein – viel brauchte Monika in ihrem jetzigen Zustand ja nicht. Die meisten ihrer Sachen konnte sie doch nicht mehr tragen.

Monika stand neben ihr, als ginge das alles sie nichts an. Sie hatte wieder zu weinen begonnen, und die Tränen liefen ihr über die Wangen, rannen in ihre Mundwinkel. Sie wischte sie nicht einmal fort.

Aus dem Wohnzimmer klang nun Musik. Gerd hatte das Radio eingeschaltet, und der Marsch des Wiener K. u. K.-Regiments lärmte durch die ganze Wohnung.

Als Irmgard und Monika hinaus in die Diele traten, sahen sie, daß die Wohnzimmertür nur angelehnt war.

Monika machte einen zögernden Schritt darauf zu, aber Irmgard hielt sie zurück.

»Komm«, bat sie mit dieser leisen und doch so bestimmten Stimme, der Monika noch nie Widerstand entgegengesetzt hatte.

Die Wohnungstür fiel mit einem dumpfen Laut hinter ihnen ins Schloß.

Irmgard nahm Monikas Arm und führte sie die Treppe hinunter.

Draußen hatte es wieder zu schneien begonnen. Die frischen Kristalle glitzerten in der Morgensonne, die rot im dunstig-weißen Himmel schwamm. Es war sehr kalt, die Sonne hatte keine Kraft.

Sie gingen zwei Straßen weit, bis sie ein Taxi fanden.

»Was wird Pappi bloß dazu sagen?« fragte Monika und drückte sich klein und unglücklich in ihre Wagenecke.

»Das laß nur meine Sorge sein«, erwiderte Irmgard. Sie griff nach Monikas Hand und hielt sie fest. Langsam spürte sie, wie sich die schmalen Finger erwärmten und sich in ihre Handfläche schmiegten.

»Bis das Baby kommt, bleibst du bei uns«, sagte sie; »dann werden wir schon weitersehen.«

»Vielleicht – vielleicht sterbe ich auch, Mammi? Man kann doch davon sterben, nicht?«

»Aber Kind«, sagte Irmgard schnell, »so etwas darfst du überhaupt nicht denken. Auf so einen Einfall darfst du gar nicht erst kommen.«

Der Taxichauffeur war ein älterer Mann. Er wandte sich jetzt halb um.

»Meine Frau, die hat acht Kinder geboren«, schmunzelte er, »alles dicke, gesunde Kinder; so dick und gesund wie meine Alte.«

Ein flüchtiges Lächeln kerbte Monikas Mundwinkel, aber es erreichte ihre Augen nicht.

Stumm, in sich zusammengekauert, blieb sie sitzen, bis das Taxi in den Jagdweg einbog und vor dem Haus ihrer Eltern hielt.

Die frühen Schatten der Dämmerung krochen in die Straße. Die Laternen flammten an, spiegelten sich im nassen Asphalt, von dem der heiße Benzinatem des Verkehrs den Schnee geschmolzen hatte. Die Neonleuchten in den Büro- und Geschäftshäusern brannten schon längst, die erleuchteten Fenster schnitten helle Vierecke aus der Dunkelheit.

Carla lehnte am Fenster ihres Wohnzimmers und blickte hinaus. Manchmal hob sie die Zigarette, nahm einen tiefen Zug, stieß den Rauch gegen die Scheibe. Das Glas beschlug und trübte ihre Sicht. Dann wischte sie den Hauch wieder fort.

Hinter ihr aus dem Radio klang weich, sehr süß und seltsam traurig eine Frauenstimme – »Wenn du in meinen Träumen bei mir bist, denk' ich dein voller Sehnsucht...«

Carla wußte, daß es albern war und sentimental, aber es machte ihre Kehle eng.

Sie dachte an den ständigen, immerwährenden Verzicht auf mehr als ein paar flüchtige Stunden. Nein, nicht flüchtige, sondern kurze, zu kurze, tief empfundene, tief erlebte Stunden – aber genügte das? Genügte das für ein ganzes Leben?

Das lange Warten und dann endlich der Moment, wo er kam, noch ein bißchen fern von ihr, mit den Gedanken im Büro oder bei seiner Familie, und dann doch ganz bei ihr, ganz nah. Aber schon mußte er wieder gehen, und sie wußte, sie durfte nicht den leisesten Versuch machen, ihn zu halten, ihm zu sagen: Bleib noch.

»Ich hoff', daß du mich nie vergißt«, sang die Frauenstimme.

Nein, er vergaß sie nicht, er kam immer wieder, kam immer wieder zurück zu ihr.

Aber war es nicht seltener geworden und das Warten länger in den letzten Wochen?

Er hat soviel zu tun, dachte Carla, so kurz vor Weihnachten blüht das Geschäft mit Kosmetikartikeln. Da wollen alle Frauen besonders hübsch aussehen. – Und dann der Junge, sein Schwiegersohn, den er bei sich angestellt hat. Er muß sich um ihn kümmern, muß Zeit auf ihn verwenden, die sonst mir gehört hätte.

Denk daran, daß du ihm immer gesagt hast, er soll alles so tun, wie er es will.

Ich denke daran, aber –

Kein Aber, sagte sie zu sich selbst. Wenn er zu dir kommen will, tut er es – und etwas anderes willst du doch selbst nicht.

Nein, sie wollte nichts anderes, sie wollte keinen Zwang; sie wollte ihn nicht zwingen.

Aber da waren die langen Tage des Wartens, wenn sie im Geschäft war – höflich lächelnd, einer Kundin verbindlich zu diesem oder jenem Kleid ratend, das den Charme oder die Schönheit der Trägerin unterstreichen sollte – und sie die ganze Zeit nur auf eines lauschte, auf das Klingeln des Telefons im Hinterzimmer, das meistens nicht kam, oder nicht für sie, sondern nur die ungeduldig-geschraubte Stimme einer

Kundin ankündigte, die auf ihr Kleid wartete, das unbedingt noch zu der Party fertig sein mußte.

Rief Herbert an, war es immer dann, wenn sie es am wenigsten erwartet hatte.

Kann ich dich sehen?

Natürlich, und ihre Stimme klang atemlos. Sie hörte es selbst.

Dann schützte sie Kopfschmerzen vor oder eine dringende Besorgung, verließ den Laden und lief nach Hause.

Erwartete ihn.

Für eine Stunde, zwei – ein einziges Mal für eine ganze Nacht. Ein einziges Mal, seit Knokke.

»So wird es nie wieder sein«, sang die Frauenstimme im Radio, »bei Kerzenlicht und Wein, in süßen Träumereien…«

Carla schritt schnell zum Radio, schaltete es aus.

Dann kehrte sie zum Fenster zurück.

Sie blickte wieder hinüber zu dem Haus, in dem die Büros der Vinca-Kosmetik untergebracht waren.

Ruf mich doch an, dachte sie. Bitte, ruf mich wenigstens an. Denk daran, daß ein langes Wochenende vor mir liegt, ein einsames, leeres, dumpfes Wochenende.

Warum gehe ich nicht aus? dachte sie. Ich sollte wenigstens mal ins Kino gehen.

Und wenn er gerade dann anruft?

Ich kann nicht ausgehen, dachte sie. Ich kann nichts anderes tun als warten.

Die Zigarettenschachtel auf dem Fensterbrett war leer. Carla drehte sich um, und die dunkle Leere ihres Zimmers gähnte sie an, so dunkel jetzt, da auch das grüne Auge der Radioskala verlöscht war, daß sie nur schwach die Konturen der Möbel erkennen konnte.

Sie ging zum Schrank, nahm eine frische Packung Zigaretten heraus.

Von der Couch holte sie ein Kissen, legte es auf das Fensterbrett und setzte sich darauf.

Sie zog ihre Beine in den schwarzen langen Hosen hoch

und umfaßte ihre Knie mit den Händen.

Während sie dies noch tat und ihr Blick hinunter auf die Straße schweifte, wurde ihre Aufmerksamkeit von einer Gestalt gefangengenommen, die seltsam unsicher die Straße überquerte. Es war mehr ein Wanken als ein Gehen, und die Frau – aber eigentlich war es eher ein Mädchen – hielt ihre Hände gegen den kräftigen Leib gepreßt.

Ein Auto raste heran, wich der Gestalt im letzten Augenblick aus, schlidderte über den nassen Asphalt. Der Fahrer hupte, dann war der Wagen vorbei, um die Ecke gebraust.

Carla vergaß, an ihrer Zigarette zu ziehen. Sie hielt den Atem an, ohne daß sie es wußte, saß wie zum Sprung gespannt, starrte hinunter.

Die junge Frau dort unten hatte jetzt den Bürgersteig erreicht. Sie tappte bis zu einer Straßenlaterne und hielt sich daran fest, mit beiden Händen – Carla konnte es genau sehen.

Sie drückte schnell die Zigarette aus, glitt vom Fensterbrett, lief in die Diele. Nahm den Schlüssel aus dem Garderobenfach, verließ die Wohnung.

Sie wartete nicht auf den Aufzug, rannte die Treppe hinunter.

Als sie auf die Straße trat, sah sie, daß eine alte Frau bei der Gestalt an dem Laternenpfahl stand.

Carla lief über die Straße.

Das Mädchen am Laternenpfahl hob ein wachsbleiches Gesicht.

Und in diesem Augenblick erkannte Carla das Gesicht, es war Monika, Herberts Tochter.

»Ist Ihnen nicht gut?« fragte Carla, streckte den Arm aus und legte ihn stützend um die schmalen Schultern.

»Sie hat sich erbrochen«, sagte die alte Frau, »ja mei – in einem solchen Zustand! Wie kann sie da noch auf die Straße gehen?«

»Ich kümmere mich schon um sie«, erwiderte Carla rasch, »lassen Sie nur...«

Ein paar Leute blieben stehen, ein Mann und eine Frau, mit

einem Kind an der Hand.

»Ist die Tante krank?« fragte das kleine Mädchen.

»Man sollte einen Arzt holen«, sagte der Mann.

»Kommen Sie«, bat Carla. Sie schob ihren Arm unter Monikas Achseln. Sie löste die verkrampften Hände des Mädchens von dem Laternenpfahl.

»Ich bringe Sie in meine Wohnung und rufe einen Arzt«, sagte Carla.

Der Mann und die Frau gingen weiter. Die alte Frau nahm ihre Netze auf und entfernte sich kopfschüttelnd.

»Mir – ist – so – schlecht«, stammelte Monika. Ihre Lippen waren ein blutleerer Strich in dem weißen Gesicht.

»Ich – habe – Schmerzen – diese Schmerzen.« Ihr Kopf fiel gegen Carlas Schulter, während diese sie über die Straße führte.

»Ich rufe sofort einen Arzt«, sagte Carla, als sie vor dem Aufzug standen und darauf warteten, daß er herunterkäme.

»Mein Vater – meinen Pappi rufen«, sagte das Mädchen.

»Ja«, erwiderte Carla. »Ich rufe Ihren Vater.«

»Kosmetik – Jacobi –« Die Worte blubberten beinahe unverständlich aus dem schmerzverzerrten Mund.

Endlich surrte die Tür des Lifts auf.

Carla schob Monika hinein, ließ sie sich auf die schmale Bank setzen.

»Ich – ich kann nicht mehr«, stammelte das Mädchen und preßte wieder die Hände gegen den Leib.

»Es ist gleich vorbei, Sie können sich sofort hinlegen«, versprach Carla.

Die wenigen Schritte vom Aufzug zu ihrer Wohnung und durch die Diele in ihr Schlafzimmer erschienen Carla wie eine Ewigkeit, wie eine lange, dunkle Straße, die kein Ende nehmen wollte.

Sie geleitete Monika zu dem Bett, half ihr, sich auszustrekken, streifte ihr die Schuhe von den Füßen, zog ihr den Mantel aus, hakte den Rock in der Taille auf.

Sie breitete eine Decke über Monika, daß nur noch das

blasse, schmerzgepeinigte Gesicht heraussah.

»Ich komme sofort zurück. Ich benachrichtige den Arzt und Ihren Vater.« Carla strich beruhigend über die hohe, runde Stirn des Mädchens, die naß von kaltem Schweiß war.

Dann lief Carla schnell ins Wohnzimmer. Erst als sie den Hörer abnahm, Herberts Nummer wählen wollte, spürte sie, daß sie am ganzen Körper zitterte. Ihre Hand gehorchte ihr kaum, sie mußte zweimal ansetzen, ehe sie die Nummer richtig gedreht hatte – und drüben Antwort erhielt.

»Bitte Herrn Jacobi, es ist sehr dringend.«

»Einen Augenblick...«

»Hallo?« Das war seine Stimme.

»Herbert...«

»Carla? Was ist geschehen?«

»Deine Tochter ist bei mir. Sie fühlt sich sehr schlecht. Bitte, komm sofort herüber.«

»Ich komme...«

Carla legte den Hörer auf. Schlug im Telefonbuch nach, fand die Nummer der städtischen Klinik.

Nach einigem Hin und Her versprach die diensttuende Schwester, einen Krankenwagen zu schicken. Aber ein Arzt war nicht abkömmlich. Nur die Ambulanz war besetzt.

Die Wohnungsklingel schlug an.

Carla gab noch hastig ihre Adresse durch, dann lief sie, um zu öffnen.

»Wo ist sie? Was ist geschehen?« fragte Herbert.

»Komm, in meinem Schlafzimmer.«

»Ist es – hat es etwas mit dem Kind zu tun?«

»Ich glaube, ja.«

»Hast du einen Arzt benachrichtigt?«

»Das Krankenhaus. Sie schicken einen Wagen. Ein Arzt ist unabkömmlich.«

»Ruf Doktor Moorfeld privat an«, sagte Herbert.

Als Carla in das Schlafzimmer zurückkehrte, saß Herbert auf dem Bettrand. In seinen beiden Händen hielt er Monikas

Hand. Er saß vornübergebeugt, das Licht der Nachttischlampe fiel voll auf sein Gesicht. Zum erstenmal sah Carla die scharfen Falten, die sich zu den Mundwinkeln herabzogen, und die Kerben in den Augenwinkeln.

»Moorfeld kommt sofort«, sagte sie leise und trat neben ihn.

Herbert nickte nur. Er blickte nicht auf. Seine Augen hingen an dem weißen, eingefallenen, schweißbedeckten Gesicht vor ihm in den Kissen. »Ihr Puls geht ganz langsam.«

Monikas Oberkörper hob und senkte sich in flachen, mühsamen Atemstößen.

Hin und wieder zuckte es in dem jungen Gesicht. Das Zukken begann am Hals, lief über die Wangen bis zur Stirn hoch.

»Wie kommt sie hierher?« fragte er.

»Sie stand drüben, auf der anderen Straßenseite. Ich stand am Fenster und sah, daß sie nicht mehr weiterkonnte.«

»Sie wollte sicher zu mir«, sagte er. »Sie hat Kummer mit Gerd, weißt du... Sie ist wieder bei uns zu Hause.«

Unablässig hielt er die schmalen, schlaffen Hände seiner Tochter, streichelte sie, als könne er ihnen so von seiner Wärme mitteilen, von der er spürte, wie sie mehr und mehr seinen eigenen Körper verließ.

»Wann kommt der Arzt?« fragte er.

»Sofort«, wiederholte Carla.

»Es ist zu früh«, murmelte er, und dann sah er auf. Aber doch nicht zu spät? fragte er lautlos, denn es kam nicht über seine Lippen, seine Zunge gehorchte ihm nicht.

»Sie bekommt das Baby«, sagte Carla ruhig, so ruhig, wie sie nur konnte. »Du sollst sehen, bald ist es vorbei.«

Herbert nickte. Seine Augen irrten wieder ab, hingen an dem blassen Kindermund, der sich stöhnend öffnete.

»Ruf meine Frau«, bat er. »Ruf Irmgard an.«

Einen Herzschlag lang zögerte Carla, dann wandte sie sich um und ging hinaus.

Als sie die Privatnummer der Jacobis wählte, war ihre Hand ganz ruhig.

6

Der Krankenwagen kam zuerst, fuhr mit kreischendem Horn vor dem Appartementhaus in der Martinusstraße vor.

Carla ging den Krankenwärtern entgegen. Sie schleppten eine Tragbahre die Treppe hoch.

»Der Arzt muß jeden Augenblick kommen«, sagte Carla. Sie führte die Männer in ihre Wohnung.

Sie warteten in der Diele. Ihre großen, kräftigen Gestalten in den grauen Uniformen machten den kleinen Raum unerträglich eng. Carla ging ins Schlafzimmer.

»Moorfeld?« fragte Herbert, ohne den Blick von Monika zu nehmen, deren Stöhnen in ein ständiges leises Wimmern übergegangen war.

»Noch nicht«, erwiderte Carla.

Sie kehrte zurück in die Diele, bot den Männern, nur um irgend etwas zu tun, Zigaretten an.

»Danke, nein, wir rauchen nicht«, sagte der Größere der beiden. Der andere nickte dazu.

»Ist es 'n Unfall?« fragte er.

»Die junge Frau bekommt ein Kind«, antwortete Carla.

»Ach so. Dann können wir sie doch schon mitnehmen?«

Es klopfte an der Wohnungstür.

»Herein«, rief Carla schnell. Sie hatte die Haustür offengelassen.

Ein schlanker Mann mit randloser Brille trat in die Diele.

»Moorfeld«, stellte er sich vor, gab Carla die Hand, fragte: »Wo ist die Patientin?«

»Bitte, kommen Sie.« Carla ging ihm voran. Schloß die Schlafzimmertür hinter ihm, als er eingetreten war. Sie blieb in der Diele.

Nach kurzer Zeit trat der Arzt wieder heraus. Sein Gesicht wirkte verschlossen.

»Tragen Sie die Patientin so vorsichtig wie möglich herunter«, wies er die Krankenwärter an. »Der Aufzug ist ja zu klein, nicht wahr?«

Carla nickte stumm.

Sie wich zurück, als die Männer die Bahre vorbeitrugen, auf der Monika lag. Nur ihr Gesicht schaute über der grauen Wolldecke heraus. Es war zur Seite gewandt, die Augen waren geschlossen. Es sah fast aus, als schliefe sie – wenn nicht das matte Röcheln gewesen wäre.

»Vorsicht, langsam«, befahl Moorfeld den Männern, die sich anschickten, die Treppe hinunterzugehen. Der Arzt folgte ihnen.

Und dann kam Herbert. Trat aus dem Schlafzimmer, mit hängenden Armen, mit Händen, die lose an seinen Seiten schlenkerten.

Er ging an Carla vorbei.

Er sieht mich nicht, dachte sie, er sieht mich nicht einmal.

An der Wohnungstür wandte er sich um.

»Kommt meine Frau?«

Carla nickte.

»Schick sie ins Krankenhaus.«

Und dann sagte er, leise, so daß sie es kaum verstand: »Danke, Carla. Danke für alles.«

Sie preßte sich an die Wand des Flurs, preßte die Hände so fest dagegen, daß sie spürte, wie die Tapete unter ihren Fingerspitzen riß und Mörtel sich unter die Nägel grub.

Die Tür fiel hinter Herbert ins Schloß. Carla lauschte auf seine Schritte, bis sie unten im Haus verklangen. Lauschte in die Stille hinein, die darauf folgte und eine Ewigkeit zu dauern schien, bis noch einmal die Türklingel ging.

Und sie wußte, jetzt würde das Schlimmste kommen.

Irmgard Jacobi war gerade dabei gewesen, die Steaks für das Abendessen vorzubereiten, als das Telefon läutete.

Noch ehe sie den Hörer abnahm, hatte sie gewußt, daß etwas passiert war.

»Jacobi«, sagte sie in die Sprechmuschel.

»Spreche ich mit Frau Jacobi?« fragte die Frauenstimme am

anderen Ende.

»Ja.«

»Mein Name ist Carla Marten. Ich wohne in der Martinusstraße. Ihre Tochter befindet sich bei mir... Sie fühlte sich nicht wohl...«

»Das Kind...?« fragte Irmgard, atemlos.

»Ja.«

»Bitte, benachrichtigen Sie meinen Mann. Er hat die Nummer...«

»Ihr Mann ist schon hier«, unterbrach Carla sie, »wir haben auch bereits das Krankenhaus benachrichtigt. Bitte, kommen Sie, Frau Jacobi. Martinusstraße dreiundzwanzig.«

»Sofort – ich komme sofort«, sagte Irmgard.

Sie hatte es geahnt, sie hatte gespürt, daß etwas geschehen würde.

Warum hatte sie auch Monika allein in die Stadt gehen lassen? Warum hatte sie es ihr bloß erlaubt?

Irmgard wartete voller Ungeduld auf das Taxi, lief vor dem Haus auf und ab, die Hände in den Taschen ihres Mantels verkrampft.

»Ich will ein paar Weihnachtseinkäufe machen«, hatte Monika gesagt. »Bitte, Mammi, laß mich in die Stadt fahren. Ich fühl' mich bestimmt gut... Ich möchte dich doch auch überraschen... Ach bitte, Mammi, erlaube es mir.«

Irmgard hatte es erlaubt. Sie hatte ihre Tochter gehen lassen. Hatte es ihr erlaubt, weil sie froh war, daß Monika zum erstenmal seit Tagen aus ihrer Apathie aufgewacht war, aus dieser absoluten Gleichgültigkeit. Denn Gerd hatte nichts mehr von sich hören lassen. Er war auch nur im Büro erschienen, wenn er wußte, daß Herbert nicht da war. Sie hatten nichts von Gerd gehört, seit Irmgard ihre Tochter nach dieser Auseinandersetzung vor zwei Wochen mit zu sich nach Hause genommen hatte.

Das Taxi fuhr an den Bordstein. Schneematsch spritzte hoch, näßte ihre Beine, aber Irmgard achtete nicht darauf. Sie öffnete rasch die Wagentür, warf sich in den Sitz. »Zur Martinusstraße, so schnell wie möglich«, bat sie.

Die Scheinwerfer schnitten weiß in die Dunkelheit des abendlichen Jagdwegs. Der Wagen rumpelte langsam über den aufgebrochenen Asphalt einer Baustelle.

»Mein Gott, fahren Sie doch schneller«, sagte Irmgard.

Der Fahrer zuckte nur die Achseln. »Geht nich, Se sehen 's doch selbst.«

Endlich waren sie auf der Uferstraße.

Der Asphalt glänzte naß. Die Bäume trugen weiße Schneekappen, die matt im Licht der Neonleuchten schimmerten. Und dahinter fiel das befestigte Ufer ab zum Rhein, der sich schwarz und breit in seinem Bett wälzte, weiß befleckt von Eisschollen.

Jetzt kamen sie schnell voran.

Irmgard blickte gebannt auf die Tachonadel, die auf Hundert zitterte.

An der Brücke bogen sie in die City ab, fuhren durch ein Gewirr enger Gassen, durch schmale Einbahnstraßen, warteten bei rotem Licht, stoppten vor Fußgängern, die hastig die Fahrbahn überquerten – Frauen mit Einkaufstaschen, Männern mit Paketen beladen, Kindern, die wie an unsichtbaren Fäden von einem Spielzeugladen zum anderen gezogen wurden.

Von dem großen Kaufhaus kreischte Weihnachtsmusik über Lautsprecher herüber. »O Tannenbaum, o Tannenbaum, wie grün sind deine Blätter...«

Weihnacht – das Fest des Friedens, der Freude, der Glückseligkeit, der Erlösung.

Nicht für uns, dachte Irmgard, nicht für uns. Mein armes Kind, mein armes Kind...

»Dreiundzwanzig ha'm Sie gesagt?« fragte der Taxichauffeur.

»Ja«, sagte Irmgard.

»Dann sind wir da.«

Der Wagen hielt.

Irmgard riß den Schlag auf, sprang heraus.

»Warten Sie bitte«, sagte sie, »ich bin gleich wieder zurück.«

Die Namensschilder an der Haustür waren unbeleuchtet. Sie suchte in ihrer Handtasche, fand die Streichhölzer, riß eins an, las, Carla Marten.

Irmgard klingelte, drückte die Tür auf, als der Summer ertönte.

Bisher hatte sie schnell gehandelt, fast automatisch dem folgend, was zu tun war. Nun, mit einemmal, gehorchten ihr die Beine nicht mehr. Sie spürte, wie sie die Füße nachschleppte, als sei sie einen endlos langen Weg gelaufen.

Außer Atem betrat sie den Aufzug und fuhr nach oben.

Carla stand in der offenen Wohnungstür. Sie sah, wie sich in dem Schacht des Aufzuges die Seile hochspulten, an denen der Lift hing, sah das blonde Gesicht in der beleuchteten Kabine auftauchen, die schmalen Schultern im dunkelgrauen Winterkostüm.

Die blonde Frau trat aus dem Aufzug, kam schnell auf sie zu.

»Wo ist meine Tochter?«

»Sie ist schon im städtischen Krankenhaus«, erwiderte Carla. »Ihr Mann ist bei Ihrer Tochter, auch der Arzt, ein Doktor Moorfeld.«

»Moorfeld«, wiederholte Irmgard, »das ist gut.« Es klang wie ein Seufzer.

»Wenn Sie einen Augenblick hereinkommen wollen?« fragte Carla.

»Nein – bitte, ich habe das Taxi warten lassen. Ich möchte sofort zum Krankenhaus fahren. Sie werden dafür Verständnis haben. Und wir... werden uns bestimmt noch sehen, wenn alles, ich meine, wenn alles vorüber ist. Ich muß Ihnen danken...«

Sie konnten beide nicht lächeln, wenn auch jede aus einem anderen Grund. Irmgard aus Angst um ihr Kind –

Carla, weil sie wußte: An diesem Winterabend, in dieser

Stunde, in der sie nichts anderes wollte als helfen, hatte sie den Menschen verloren, den sie liebte – Herbert.

Carla sah das blonde Gesicht wieder verschwinden, die Seile des Aufzugs sich diesmal abspulen, als er nach unten glitt.

Dann klickte die Treppenhausbeleuchtung aus, und Carla stand im Dunkeln. Lehnte sich gegen die Wand, stand regungslos, und das einzige, was sie spürte, war der Schlag ihres Herzens, dumpf, langsam, flach.

Carla ging in ihre Wohnung zurück, in ihr Schlafzimmer.

Sie wollte aufräumen, das Bett neu beziehen, aber sie knipste nur das Licht aus.

Im Wohnzimmer setzte sie sich auf die Couch. Sie preßte ihre Knie gegeneinander, damit sie aufhörten zu zittern. Sie krampfte ihre Hände ineinander, damit sie sich wieder erwärmten.

Lange saß sie so da, allein in der Dunkelheit.

»Ich hätte Monika nicht allein in die Stadt lassen sollen«, sagte Irmgard. »Ich hätte wissen müssen, daß sie zu schwach dafür war. Daß es zu gefährlich war.«

Sie befanden sich in einem Büroraum, in dem tagsüber die Registratur des Krankenhauses arbeitete. Dicht nebeneinander standen die Arbeitstische. Die Rechen- und Schreibmaschinen waren jetzt mit Plastikhauben zugedeckt, die Stühle unter die Tische geschoben. Auf der Fensterbank welkten ein paar Topfpflanzen, erstickt von der trockenen Heizungsluft, braun dahin.

Herbert lehnte neben der Tür. Das Licht der Neonröhre, die sich in der Mitte der Decke hinzog, malte blaue Schatten auf seine Wangen.

Er blickte Irmgard nicht an, die in der Nähe der Heizung saß, in sich zusammengekrümmt, als friere sie, obwohl es sehr warm war. Er sah irgendwohin, nur sie nicht an.

»Ich hätte sie nicht allein lassen dürfen«, wiederholte Irmgard. Sie sagte es immer wieder, immer wieder mit dieser tonlosen, fremden, farblosen Stimme.

»Mach dir doch nicht unnütz Vorwürfe. Das hat doch keinen Sinn.« Herbert hob die Arme und verschränkte sie über der Brust. Das taube Gefühl darin ließ nach.

»Wenn Moorfeld nur endlich käme«, sagte sie. »Wenn Moorfeld doch bloß käme...«

Der Arzt hatte sie in diesen Raum geführt. Er lag nicht weit vom Entbindungssaal. Man ging über den Flur, nur ein kurzes Stück und dann um eine Ecke in den Neubau. Die erste Tür war gleich der Operationssaal, und weiter unten war das Besuchszimmer, in dem noch Farbkanister und die Leitern der Anstreicher standen, für die am Freitag um vier Uhr das Wochenende begann.

»Wenn es euch nichts ausmacht, könnt ihr in der Registratur warten«, hatte Moorfeld gesagt, »das ist nicht weit vom OP. Sonst müßtet ihr in die erste Etage hinauf.«

Das war um sechs gewesen, oder um halb sieben, Herbert wußte es nicht mehr genau. Es war ja auch egal.

»Warum kommt Moorfeld nicht wenigstens und sagt uns...«

Irmgards Stimme verlor sich, wiederholte es dann, um an der gleichen Stelle steckenzubleiben, wie eine Grammophonplatte, die einen Kratzer hat.

»Sie wollte Weihnachtsgeschenke einkaufen, einen Pullover für dich und Handschuhe für Martin. ›Mammi, du kriegst eine Überraschung‹, sagte sie. ›Mammi, du bekommst etwas, was du bestimmt schrecklich gern haben möchtest, aber dir niemals selbst kaufen würdest‹, das hat sie gesagt, und sie hat gelacht, gelacht wie ein Kind, wie ein kleines Mädchen. Sie war so froh, sie schien so zufrieden, so glücklich, wie lange nicht...« Die Stimme gehorchte ihr nicht mehr. Plötzlich hörte Irmgard, daß sie weinte. Sie spürte nicht, wie die Tränen über ihre Wangen liefen, sie spürte auch nicht das Schluchzen im Hals, das aus ihrer Brust hochstieg. Sie hörte nur den verlorenen, eintönigen Ton ihres Weinens, und sie lauschte ihm, als lausche sie auf das Klagen einer Fremden.

»Hör auf«, sagte Herbert, »ich bitte dich, hör auf.«

»Ich kann mir nicht erklären, woher diese starken Blutungen kommen«, hatte Moorfeld gesagt, »ich kann es einfach nicht verstehen. Sie war doch noch vor einer Woche in meiner Praxis. Ich habe sie gründlich untersucht. Es war alles in bester Ordnung. Und jetzt das – ich kann es mir einfach nicht erklären.« Der Arzt hatte den Kopf geschüttelt mit der gleichen Ratlosigkeit, die in seinen Augen war.

»Ich habe meine Überraschung bekommen«, sagte Irmgard. »Sieh mal, ist das nicht eine Überraschung?«

Sie hielt eine elegante Goldhülse von der Größe eines Lippenstifts hoch, die mit zarter schwarzer Spitze überzogen war.

»Sieh mal, ein Parfümflakon für die Handtasche, ich brauche nur auf den Knopf zu drücken und schon... Herbert, es wird ihr nichts geschehen, nicht wahr? Es darf ihr nichts passieren, sie ist doch unsere Tochter.«

Das Flakon fiel aus ihrer Hand, rollte über den Boden unter einen Schreibtisch. Sie bückte sich nicht danach. Herbert kam herüber, hob es für sie auf.

Sie faßte mit beiden Händen danach, hielt es ganz fest.

»Sag mir, daß alles gut wird«, bat sie, »sag es mir.«

Herbert nickte. »Ja«, sagte er flach.

Er kehrte zur Tür zurück, lehnte sich wieder daneben an die Wand. Er lauschte auf die Geräusche, die vom Flur hereindrangen.

Einmal rollte eine Bahre vorbei. Er hörte das quietschende Geräusch der Gummirollen und die schnellen Schritte eines Krankenwärters. Kurz darauf den eiligen Schritt einer Frau, vielleicht einer Schwester. Einmal klappte irgendwo eine Tür. Dann war es wieder still.

Wenn Carla sie nicht in ihre Wohnung gebracht hätte, wenn Carla nicht geholfen hätte...

Irmgard wandte langsam den Kopf. Sie blickte Herbert an, kniff die Augen zusammen, wie jemand, der kurzsichtig ist, als könne sie ihn so besser sehen.

»Carla?« fragte sie. »Heißt sie so, die junge Frau?«

Da wußte Herbert, daß er laut gedacht hatte.

»Ja«, sagte er, »sie heißt Carla.«

Irmgard drehte den Kopf, blickte wieder auf das Flakon, das sie in den Händen hielt.

»Ich habe es gewußt, als ich sie sah«, sagte sie. »Ich habe es sofort gewußt. Komisch, aber so etwas spürt man. Mit ihr – sie war mit dir in Knokke?«

»Ja«, erwiderte Herbert. Und dann: »Müssen wir jetzt davon sprechen?«

Irmgard schüttelte langsam den Kopf. »Nein, wir müssen nie wieder darüber sprechen, wenn du es nicht willst.«

Es wird auch nichts mehr geben, worüber wir reden müßten, dachte er, denn es wird Carla nicht mehr für mich geben. Jetzt nicht mehr. Ich habe es schon einmal versprochen, und habe es nicht gehalten. Aber jetzt werde ich es halten, jetzt muß ich es tun. Was ist schon der Rest meines Lebens gegen das ganze, das volle Leben von Monika, meiner Tochter, meines Kindes?

Die Tür sprang auf. Moorfeld trat ein. Ein anderer Arzt mit einem schmalen, jungen Gesicht folgte.

Moorfeld lächelte.

Sie sahen es beide.

Der Arzt lächelte, wenn auch mit müden Augen.

»Es wird – es wird alles gut«, sagte er. »Die Blutung hat aufgehört. Monika schläft jetzt.«

»Und das Kind?«

»Das wird noch eine Weile dauern«, sagte der junge Arzt. Er lächelte ebenfalls. »Wollen Sie Ihre Tochter sehen?«

»Ja«, sagte Irmgard, »bitte, ja.« Sie stand auf, schwankte. Moorfeld griff nach ihrem Arm, faßte sie unter und führte sie hinaus.

Herbert folgte mit dem jungen Arzt.

Mit dem Aufzug fuhren sie in die erste Etage hoch, schritten über einen Flur, in dem nur das blaue Nachtlicht brannte.

Moorfeld öffnete eine Tür, auf der die Nummer siebzehn

stand.

Er schob Irmgard ins Zimmer, zum Bett.

Eine abgeschirmte Lampe beleuchtete das Bett. Am Fußende saß eine junge Ordensschwester. Sie neigte grüßend den Kopf.

Monikas Gesicht lag im Schatten. Das blonde Haar war dunkel und wirr, die Wangen eingefallen. Der Mund war blaß, hob sich nicht gegen die bleiche Haut ab. Die Lippen waren halb geöffnet.

Irmgard beugte sich über ihre Tochter. Sie hörte den Atem, der regelmäßig und ruhig aus diesem blassen Mund strömte. Irmgard richtete sich behutsam wieder auf.

Herbert trat neben sie. Und ohne daß sie es wußte, merkte oder wollte, faßte sie nach seiner Hand. Seine Hand hielt die ihre fest, auch noch, als sie wieder hinausschritten, sich von Moorfeld verabschiedeten, mit dem Lift nach unten fuhren, sich ein Taxi rufen ließen.

»Wird bestimmt alles gut?« fragte sie, als sie später in ihrem Haus, in ihrem Schlafzimmer, in ihrem Bett lag.

»Ja«, erwiderte Herbert.

Aber so schnell ging es nicht vorüber. So schnell sollten sie nicht erlöst sein von der Angst, ihre Tochter zu verlieren.

Um sechs Uhr am Morgen rief Moorfeld an.

Herbert fuhr hoch, als das Telefon klingelte, rannte die Treppe hinunter, riß den Hörer von der Gabel.

»Tut mir leid«, sagte Moorfeld, »aber es hat wieder angefangen. Es ist besser, ihr kommt ins Krankenhaus. Bringt auch den Ehemann mit. Und ist Martin zu erreichen?«

»Ist es – ist es so schlimm?« fragte Herbert.

»Die Blutung hat wieder eingesetzt. Wir holen jetzt das Kind. Also kommt so bald wie möglich rüber.« Moorfeld hing auf, ehe Herbert noch irgend etwas fragen konnte.

Als er ins Schlafzimmer zurückkehrte, war Irmgard schon angezogen.

»Ruf bitte Gerd an«, sagte Herbert. »Und – und Martin in

Bonn. Sie sollen in die Klinik kommen.«

Irmgard nickte stumm. Lief hinunter. Er hörte, wie sie telefonierte. Er holte den Wagen aus der Garage, fuhr los, ehe Irmgard noch die Tür ganz geschlossen hatte. Sie sprachen kein Wort.

»Zu Doktor Moorfeld?« fragte die Schwester am Empfang. »Der Herr Doktor hat eine Entbindung. Sie müssen schon hier in der Halle warten.«

»Hast du Gerd erreicht?« fragte Herbert.

Er führte Irmgard zu einer Bank, die neben zwei riesigen Zimmerpalmen in Tonkübeln stand.

»Nein«, erwiderte sie, »der Hausmeister sagte, er sei jetzt schon ein paar Nächte nicht nach Hause gekommen.«

»Und Martin?«

»Er kommt mit dem nächstmöglichen Zug.«

»Hast du den Hausmeister gebeten, Gerd zu unterrichten, wenn er kommt?«

»Ja«, sagte Irmgard.

Dann schwiegen sie. Schwiegen und warteten.

Als Gerd erwachte, wußte er zuerst nicht, wo er war.

Er hob die Hand und tastete um sich. Rauher Stoff. Er lag auf einer Couch. Er trug auch noch seinen Anzug. Nur die Krawatte hatte er ausgezogen und den obersten Knopf seines Hemdes geöffnet.

Gerd stöhnte angeekelt. Widerlich der pappige, schale Geschmack des Alkohols in seinem Mund.

Er wandte den Kopf. Sah im Halbdunkel des frühen Morgens im matten grauen Winterlicht, das durch einen grünen Vorhang schien, den mit leeren Bierflaschen und Gläsern bestückten niedrigen Tisch. Und dahinter an der Wand die andere Couch, auf der Jo schlief.

Da fiel ihm alles wieder ein.

Beim Abendessen im Hendl-Grill hatte er Jo getroffen.

»Immer noch sauer?« hatte Jo halb verlegen, halb trotzig

grinsend gefragt.

»Ach Quatsch.«

»Was machste denn so?« Und mit einem Blick auf den eleganten Musterkoffer: »Vertreter, was?«

»Ja.«

»Bringt's denn was ein? – Na, man sieht es ja«, grinste Jo und faßte nach dem Aufschlag von Gerds neuem, dunkelgrauem Anzug. Er rieb den Stoff anerkennend zwischen den Fingerspitzen.

»Und was macht deine Süße?«

»Meiner Frau geht es gut«, sagte Gerd. Aber er hatte Monika seit zwei Wochen nicht mehr gesehen.

»Hast du heute abend was vor?« fragte Jo, während er mit seinen kräftigen weißen Zähnen einen Fetzen des knusprig braunen Fleischs aus seinem Hendl riß.

»Nein, nichts Besonderes«, entgegnete Gerd zögernd. Er dachte: Wofür arbeite ich eigentlich? Wofür verdiene ich denn Geld? Ich müßte heute abend noch die Wochenabrechnung fertig machen. Ach Quatsch – das hat auch bis morgen Zeit. Warum soll ich immer der erste sein?

»Na, wie ist es? Kommst du mit zu mir? Ich hab' 'ne neue Bude. Können wir einweihen...«

Eigentlich sollte ich bei den Jacobis vorbeigehen, dachte Gerd, eigentlich wollte ich es ja heute tun. In einer Woche ist Weihnachten. Ich hab' keine Lust, dann allein rumzuhängen – oder ich müßte mit Mutter feiern. Na ja, ist noch eine Woche bis dahin. Hat ja noch Zeit.

»Okay, Jo, ich komme mit zu dir«, sagte er.

Sie tranken noch ein kleines Helles, bezahlten dann und gingen zu Jos neuer Bude. Sie lag ganz in der Nähe des Rings. Ein großer Wohnraum, Dusch- und Kochnische.

Die beiden jungen Männer tranken ein paar Flaschen Bier und eine halbe Flasche Steinhäger.

Gerd schüttelte sich, als er jetzt daran dachte. Das Zeugs war lauwarm gewesen, grauenhaft.

Dann hatte Jo die Mädchen heraufgeholt.

»Sag bloß, ich wag's nicht! Mensch, hast du 'ne Ahnung!«

»Du wagst es nicht, Mädchen da unten im Espresso so einfach anzuquatschen«, behauptete Gerd.

»Wieviel Zeit gibst du mir? 'ne halbe Stunde – ach Quatsch, ich brauch' nur 'ne Viertelstunde.«

Jo hatte sogar nur zehn Minuten gebraucht. Dann kam er aus dem Espresso zurück.

Er brachte zwei Mädchen mit, die eine blond, die andere schwarz. Sie waren hübsch, wie heute alle Mädchen hübsch sind – mit viel Maskara, violettem Lippenstift und einer dicken Schicht blassen Make-ups auf den kindlichen Wangen.

Gerd wußte ihre Namen nicht mehr. Er erinnerte sich nur, daß sie pausenlos geplappert und gelacht hatten, das heißt, eigentlich hatten sie die meiste Zeit getanzt. Gerd hatte auf diese Art und Weise sogar Twist gelernt.

Irgendwann im Laufe der Nacht verkündete Jo dann: »Schluß für heute! Mädchen, geht nach Hause!« Er hatte bleich, mit grünlichem Schimmer um die Nase in der Tür gelehnt, und Gerd hatte ihm später, als die Mädchen verschwunden waren, die Stirn gehalten, als er sich übergab.

Da war es schon drei Uhr morgens. Gerd war zu müde und auch zu betrunken, um nach Hause zu fahren. Aber warum sollte er auch? Es wartete ja doch niemand auf ihn.

Mit dem plötzlichen Katzenjammer eines Betrunkenen hatte er Jo sein Herz ausgeschüttet: »Mensch, heirate bloß nicht so früh! Das ist lausig, sag' ich dir. Da wird man einfach nicht fertig mit. Wenn dann auch noch ein Kind kommt. Ich sage dir, es ist die Hölle…«

»Jaja, ich glaub' dir ja«, hatte Jo ihn besänftigt, »aber mit ein paar Blumen bringst du das wieder in Ordnung.«

»Wieso? Was?«

»Na, gehste zu deiner Schwiegermutter und sagste ihr, wie leid es dir tut, und sie soll ein gutes Wort für dich einlegen. Dann sollste mal sehen, wie alles wieder in die Reihe kommt.«

Alles kommt wieder in die Reihe – Gerd schüttelte über sich selbst den Kopf. Aber er hielt schnell damit inne. Hinter seiner Stirn summte und stach es, als sei da ein ganzer Bienenschwarm.

Vorsichtig setzte er sich auf, preßte die Hände gegen die Schläfen. Er schwang seine Beine über den Rand der Couch und stand auf.

Es wurde ihm schwarz vor Augen. Der Alkohol stieß ihm übel auf.

Gerd tappte aus dem Zimmer, stolperte gegen die Kommode im Flur, fluchte, fand endlich die Tür zum Badezimmer.

Er riß sich den vom Schlaf zerdrückten und zerknitterten Anzug herunter.

Er drehte die Dusche weit auf, stöhnte unter dem kalten Strahl. Aber sein Kopf wurde klarer, und er fühlte sich besser.

Er benutzte Jos Rasierapparat. Die Klinge war alt, und er schrammte sich die Wangen auf. Er fluchte. Als er in den Spiegel sah, war er zum erstenmal über sich entsetzt. Seine Augen waren blutunterlaufen.

Aber er hatte ja auch ganz schön getrunken. Er konnte sich nicht mehr erinnern, wie er ins Bett, beziehungsweise auf die Couch gekommen war. Er wußte nur noch, daß Jo gesagt hatte, alles kommt wieder in die Reihe.

Blumen, dachte er, während er mit dem Alaunstift über die Kratzer auf den Wangen fuhr. Er biß die Zähne zusammen, als die Wunden brannten.

Blumen und um Verzeihung bitten – Wieso muß ich um Verzeihung bitten? Schließlich hab' nicht ich Monika beklaut, sondern sie mich. Und ich weiß noch nicht mal, warum sie das getan hat.

Um mich zu ärgern?

Das hatte er zuerst geglaubt, doch jetzt war er nicht mehr so sicher.

Ich habe das Geld ja schließlich wiederbekommen.

Aber Mensch, fünfhundert Mark! Was sie bloß damit gewollt hat?

Plötzlich erschien es ihm sehr wichtig, dies zu erfahren, mit einemmal wollte er dies unter allen Umständen wissen.

Er beeilte sich mit dem Anziehen. Er entdeckte, daß sein Musterkoffer offenstand. Ein paar Flakons fehlten daraus. Wahrscheinlich hatte er sie den Mädchen geschenkt, von denen er nicht einmal mehr wußte, wie sie hießen. Na ja, das ließ sich wieder in Ordnung bringen. Die Flakons waren ihm eben zerbrochen.

Gerd weckte seinen Freund nicht, schrieb ihm nur einen Zettel. »Ruf mich mal an, Telefon 54372, Gerd.«

Im Vorübergehen kaufte er sich am Bahnhof in einer Imbißstube ein belegtes Brötchen.

Aber es schmeckte ihm nicht, und so zerpflückte er es vor dem Dom für die Tauben.

Die Vögel flatterten mit schweren, plumpen Flügelschlägen über den mit Schneematsch bedeckten Vorplatz, fraßen Gerd aus der Hand, mit hungrig pickenden Schnäbeln. Im Winter kamen kaum Touristen, um den Dom, die größte Sehenswürdigkeit der Stadt, zu besichtigen und den Tauben ihren Tribut zu zollen.

Gerd ließ die Vögel gewähren, bis sie auch den letzten Krümel aus seiner Hand verzehrt hatten.

Dann setzte er seinen Weg fort.

Als er zur Haltestelle der Rheinuferbahn kam, fuhr die Bahn gerade ab.

Gerd ging zum Taxistand hinüber.

Während der Fahrt döste er vor sich hin, fühlte sich noch zerschlagen von der durchzechten Nacht.

Die Blumen – Er hatte ja die Blumen vergessen.

Beim nächsten Stand mit Tannensträußen ließ er das Taxi halten.

Ein paar Mistelzweige konnte er bekommen und ein paar Mimosen.

Gerd ließ sie einpacken, obwohl ihm der Strauß geradezu lächerlich erschien. Hoffentlich würde er überhaupt seine Wirkung tun.

Als das Taxi im Jagdweg vor dem Haus der Jacobis hielt und Gerd ausstieg, wurde ihm erst bewußt, wie früh es noch war.

Kaum acht. Die Rollos der Fenster waren alle noch geschlossen. Aber die Garagentür stand offen, der Wagen war nicht da.

Dabei war doch Samstag. Nicht einmal an den übrigen Wochentagen kam Herbert Jacobi früher als um neun ins Büro.

Die Garage war leer...

Gerd schritt zögernd auf die Haustür zu.

Von einer Geschäftsreise war auch nicht die Rede gewesen, sonst hätte Fräulein Hoffmeister es ihm gesagt.

Gerd blieb unschlüssig vor der Haustür stehen.

Sollte er klingeln, oder sollte er nach Hause fahren und erst gegen Mittag wiederkommen?

Er drehte den Mimosenstrauß in der Hand, stellte seinen Musterkoffer ab.

Er rieb sich die Wangen, spürte den trockenen Schorf der Rasierschrammen.

Er würde einen schönen Eindruck machen, so früh am Morgen, und mit diesem Gesicht.

Aber jetzt war er einmal hier.

Gerd klingelte.

Wartete.

Klingelte wieder.

»Was is nun?« rief der Taxichauffeur. Er war ausgestiegen und kam langsam auf das Haus zu.

»Die pennen ja noch! Versuchen Sie's doch später mal.«

Gerd schüttelte den Kopf. Drückte den Klingelknopf fest und lange durch.

Er wartete, lauschte. Nichts rührte sich.

Und dann wußte er, spürte es mit einemmal ganz genau:

Es war etwas geschehen. Irgend etwas Ungewöhnliches.

Wenigstens Monika hätte zu Hause sein müssen, wenigstens sie oder Irmgard...

Es mußte etwas geschehen sein. Dessen war Gerd plötzlich ganz sicher.

Dieses Bewußtsein zerriß die letzten Fäden des Alkohols in seinem Hirn, machte ihn ganz nüchtern und erfüllte ihn mit Angst, einer unnennbaren, unfaßbaren Angst, gegen die er sich nicht wehren konnte.

7

Vor dem Haus Nr. 38 in der Dorotheenstraße schippte der Hausmeister den Schnee, der über Nacht gefallen war. Die breite Schaufel kratzte blechern über die Steine. Der Himmel wölbte sich grau und trüb über der Stadt, es würde noch viel, viel Schnee geben.

Es war ein kurzer, heißer Sommer gewesen, dann ein langer, milder Herbst, nun war es Winter, und es war so kalt wie seit Jahren nicht mehr.

Auf dem Rhein rieben sich die Eisschollen aneinander, so weit man sehen konnte. Die Schiffahrt war lahmgelegt. Möwen kreischten über den breiten Brücken, die den Fluß überspannten. Die Vögel stießen herauf und herunter, als überwachten sie den ununterbrochenen Verkehrsstrom, der sich Tag um Tag von einem Ufer zum anderen wälzte.

Das hatte der Hausmeister gestern gesehen. Er war mit seinem Enkel, dem fünfjährigen Georg, zum Rhein spaziert. Nachmittags nahm er sich immer ein paar Stunden frei, denn wer wußte schon, wie viele Jahre er noch hatte. Schließlich war er schon siebzig, und vielleicht blieben ihm nicht mehr viele Winter, in denen er die Möwen füttern und sich über das strahlende Gesicht von Georg freuen konnte, wenn die weißen Vögel besonders tief herunterflappten und dem Jungen die Krumen aus der Hand stahlen.

Daran dachte der alte Mann, während er den Schnee zum Bordstein schippte – eins und zwei und eins und zwei. Lange würde er das nicht mehr machen können, denn er hatte es jetzt oft im Kreuz. Da zog und zerrte es, als seien die Knochen der Arbeit müde geworden.

Der Hausmeister richtete sich ächzend aus seiner vorgebeugten Haltung auf. Er lehnte die Schaufel neben die Haustür, griff zum Besen, hing sich den Sack mit Sand um, den er ausstreuen würde, sobald der Bürgersteig ganz frei von Schnee war.

»Emil!« rief seine Frau in diesem Augenblick. »Emil, komm doch mal rein!«

»Jaja, ich komme schon«, gab er zurück und schlurfte ins Haus, trat die Schuhe auf der Matte ab, ging dann in sein Büro.

Seine Frau stand neben dem Telefon.

»Da ist wieder der Herr Jacobi. Er will wissen, ob sein Schwiegersohn endlich da ist.« Sie hielt ihm den Telefonhörer hin.

»Balke«, sagte ihr Mann in die Muschel, »guten Morgen.«

»Ist Herr Köhler noch immer nicht da?« fragte Herbert Jacobi.

»Ich hab' ihn nicht gesehen«, erwiderte Balke. »Aber meine Frau läutet mal eben an, ja?«

»Ja, bitte.«

Frau Balke lief hinaus. Nach einer Weile kam sie zurück. »Nein, oben ist er noch nicht.«

»Oben ist er noch nicht«, wiederholte Balke in die Muschel.

»Frag doch mal, was eigentlich los ist? Das ist jetzt das vierte Mal, daß er anruft...«, flüsterte seine Frau. Ihre Augen glänzten neugierig.

»Kann ich Ihrem Schwiegersohn was ausrichten?« fragte Balke.

»Er möchte sofort zum städtischen Krankenhaus kommen. Sofort, bitte, sagen Sie ihm das.«

»Ja, aber...«

»Nanu, was ist denn?« fragte Frau Balke. »Warum legst du schon auf? Was hat er denn gesagt, der Herr Jacobi?«

Balke zuckte die Schultern. »Der junge Mann soll sofort ins Krankenhaus kommen – nichts weiter.«

»Komisch«, sagte seine Frau, »wo der doch sonst so höflich ist? Liebe Frau Balke hat er immer gesagt, wenn er seine Tochter besuchte. Meinst du, es ist was mit dem Mädchen, mit der jungen Frau? Die erwartet doch ein Kind.« Sie fuhr sich mit der Zunge schnell über die schmalen, trockenen Lippen. »Und er hat gar nichts weiter gesagt, Emil?«

Ihr Mann schüttelte den Kopf. »Nein, eingehängt hat er einfach.«

»Da ist was mit der jungen Frau passiert, bestimmt! Du wirst es sehen...«

»Jaja«, nickte Balke und schickte sich an, wieder nach draußen zu gehen. Er rieb sich die Hände, bevor er die warmen Fäustlinge überzog. »Paß auf, Gretel, daß du den jungen Mann erwischst, wenn er kommt.«

»Darauf kannst du dich verlassen«, sagte seine Frau. »Mit dem hab' ich sowieso noch ein Wörtchen zu reden. – Die Fenster im Schlafzimmer hat er aufgelassen. Alles war voll mit Schnee, der ganze schöne Teppich. Nur gut, daß wir den zweiten Schlüssel haben, sonst hätte die Wohnung fein ausgesehen...«

Als Balke aus dem Haus trat, hielt das Taxi am Bordstein.

Gerd sprang heraus, wollte mit einem kurzen Kopfnicken an dem Hausmeister vorbei.

»Ihr Schwiegervater hat angerufen«, sagte Balke, »Sie möchten sofort ins städtische Krankenhaus kommen.«

Das wurzelte Gerd fest. Der alte Mann sah, wie alle Farbe aus seinem Gesicht wich.

»Und – und warum?« preßte Gerd hervor.

»Ich weiß nicht, hab' keine Ahnung«, Balke zuckte die

Schultern, »aber meine Frau meint, es wär' was mit Ihrer Frau...«

Kopfschüttelnd hob er den Strauß Misteln und Mimosen auf, den Gerd ihm sozusagen vor die Füße geworfen hatte, ehe er zum Taxi zurücklief. Balke trug die Zweige ins Haus.

Die jungen Leute, soll einer die jungen Leute von heute verstehen! Zankte sich mit seiner Frau, daß sich die anderen Hausbewohner beschwerten. Jagte sie aus dem Haus – denn so mußte es wohl gewesen sein. Seit vierzehn Tagen war sie nicht mehr im Haus. Und jetzt benahm sich der junge Kerl, als gehe die Welt unter.

Vorher sollten sie überlegen, was sie tun, dachte Balke, nicht nachher, wenn es zu spät ist.

In Gedanken schmückte er sein Zusammentreffen mit Gerd mit ein paar hinzugedichteten Einzelheiten aus, damit er beim Mittagessen seiner Frau etwas zu erzählen hatte.

Die Jacobis warteten im Besuchszimmer.

In der Nähe des Fensters saß Irmgard in einem der weißlackierten Sessel, neben ihr an der Wand lehnte Martin, der mit dem ersten Zug, den er erreichen konnte, aus Bonn gekommen war.

In der Nähe der Tür schritt Herbert auf und ab.

»Soll ich dich nicht doch nach Hause bringen, Mutter?« fragte Martin und beugte sich zu ihr vor.

Irmgard erwiderte nichts. Ihr Gesicht blieb blank. Sie schüttelte weder den Kopf, noch nickte sie.

»Mutter, du mußt es nicht so schwer nehmen«, sagte Martin. »Monika ist jung. Sie ist doch ein kräftiges Mädchen... Es wird schon alles gutgehen.«

Irmgard starrte auf ihre Hände, die sie im Schoß gefaltet hatte.

»Vater, bitte, sag du Mutter, daß sie besser für ein oder zwei Stunden nach Hause fährt. Moorfeld meint doch, es kann noch eine Weile dauern.«

Herbert drehte sich langsam um und sah seinen Sohn an.

Seine Lippen bewegten sich einen Moment lang lautlos, bevor er sprechen konnte. »Es ist besser, wir warten alle hier«, entschied er.

Martin nahm die Hand von der Schulter seiner Mutter und richtete sich auf.

»Ich gehe ein paar Schritte nach draußen«, sagte er, »ich muß mal an die frische Luft.«

Irmgard hob den Kopf. »Aber wenn nun...«

»Es passiert nichts, Mutter. Glaub es mir, es wird schon alles gutgehen.«

Martin ertrug es nicht mehr, hier zu warten.

Gewiß, seine Eltern hatten die ganze vergangene Nacht mit nichts anderem als Warten zugebracht, und er war erst seit einer Stunde hier, wußte erst seit knapp drei Stunden von dem, was mit Monika war. Daß sie schwere Blutungen hatte, für die es keine Erklärung gab, und daß Moorfeld jetzt das Kind holte.

Martin öffnete eines der Fenster im Flur einen Spalt und zündete sich eine Zigarette an.

Er blickte in den Hof hinunter, wo ein paar Männer in blauer Arbeitskleidung den Schnee wegkehrten.

Hinter ihm rollte eine Schwester einen weißlackierten Teewagen mit leeren Frühstückstabletts vorbei.

»Guten Morgen.« Sie hatte ein frisches, gut ausgeschlafenes Mädchengesicht.

»Guten Morgen«, gab Martin zurück. Er sah ihr nach. Sie war ein Mädchen, kaum älter als Monika.

Ob sie schon einen Freund hat? dachte er. Ob sie wohl bald ein Kind bekommt? Ob sie dann auch heiratet und ihren Eltern nichts als Sorge bereitet?

Martin dachte es ganz bewußt und mit sehr viel Bitterkeit – diese Mädchen waren so jung, daß man eigentlich nichts weiter wollte, als sie beschützen. Doch selbst wenn man dies tat, so wie seine Eltern Monika beschützt hatten, was kam dabei heraus?

Gewiß, auch er hatte Angst um Monika, Angst, daß sie

vielleicht sterben mußte. Aber er konnte sich gleichzeitig nicht gegen den Gedanken wehren: Warum hat sie auch so früh angefangen? Warum mußte sie unbedingt mit sechzehn Jahren erfahren wollen, was Liebe ist, oder das, was man allgemein dafür hält?

Und dieser Junge, von dem sie es erfuhr, von dem sie das Kind bekam, mit dem sie verheiratet war, auf eine unverantwortliche Weise des Alles-auf-die-leichte-Schulter-Nehmen verheiratet war – der kümmerte sich jetzt noch nicht einmal um sie.

Der hing wer weiß wo in der Gegend herum und scherte sich einen Dreck darum, ob seine Frau ein Kind bekam oder nicht.

Monika – eine Frau ... Das klang fast lächerlich. Ja, es wäre lächerlich gewesen, wenn nicht diese Komplikationen aufgetreten wären, unter denen seine Eltern am meisten litten.

Martin öffnete das Fenster weit, drückte seine Zigarette auf dem äußeren Fenstersims aus und schnippte sie hinunter in den Hof.

Als er sich wieder umwandte, sah er Gerd den Flur entlangkommen.

Ich möchte dir am liebsten eine runterhauen, dachte Martin. Verflucht, eines Tages werde ich das bestimmt auch tun.

Er trat einen Schritt vor.

Gerd blieb verblüfft vor ihm stehen.

»Martin, du hier?« Er streckte seine Hand aus.

Aber der andere nahm sie nicht.

»Deine Frau kriegt ihr Kind«, sagte Martin. »Es geht ihr hundsmiserabel, und du treibst dich herum.«

Das Jungengesicht vor ihm rötete sich und erblaßte wieder.

»Ich habe – ich treibe mich nicht herum«, stotterte Gerd.

»Darüber reden wir später«, sagte Martin. »Geh jetzt zu meinen Eltern. Sie warten auf dich. Und benimm dich so, wie sie es von ihrem Schwiegersohn erwarten können.«

»Aber ich – ist es schlimm? Ich meine – mit Monika?«

»Ja.«

»Es – es tut mir leid...«

»Das kann ich mir denken«, sagte Martin, »daß es dir jetzt leid tut.« Er wandte sich abrupt ab, wieder dem Fenster zu.

Gerd biß sich auf die Lippen. »Ja – dann, also ich gehe jetzt...«

»Zweite Tür rechts«, sagte Martin, ohne sich umzuwenden.

Zögernd öffnete Gerd die Tür. Zögernd blieb er auf der Schwelle stehen.

Es würgte ihn in der Kehle, als er die Gesichter der Jacobis sah, blasse, von Sorgen und zuwenig Schlaf ausgewaschene Gesichter.

»Wir haben nicht gedacht, daß du noch kommst«, sagte Herbert nach einer Weile. »Obwohl wir etwas anderes erwartet hätten.«

Gerd konnte die Augen des älteren Mannes nicht mehr ertragen. Er senkte den Kopf. »Es tut mir so leid. Bitte, verzeiht.«

»Wir wollen hoffen, daß es dazu nicht zu spät ist«, sagte Herbert.

»Ich wäre bestimmt schon eher gekommen, wenn ich gewußt hätte...«

»Vierzehn Tage lang hast du nichts von dir hören lassen«, sagte Irmgard. »Du hast es ja nicht nötig gehabt, nicht wahr?«

»Irmgard«, bat Herbert, »reg dich nicht auf.«

»Ich rege mich nicht auf«, erwiderte sie, »aber Gerd soll wissen, wie enttäuscht wir von ihm sind.«

»Ich will alles wiedergutmachen«, versprach Gerd, »bestimmt.« Er hob den Kopf. »Ihr sollt euch nicht mehr über mich zu beklagen haben.«

Gerd begegnete ihren Augen, hielt ihrem Blick stand, aber das einzige, was er als Antwort bekam, war: »Hoffentlich ist es noch früh genug dazu.«

Der Tag verging. Noch eine zweite Nacht. Es war, als wehre

Monika sich gegen das Kind, kämpfe gegen ihr eigenes Leben, um das die Ärzte rangen. Ihre Eltern, ihr Mann und ihr Bruder konnten nichts weiter tun, als auf den Ausgang dieses Ringens zu warten.

Am Sonntagmorgen, kurz vor zwölf Uhr, kam Moorfeld zu ihnen ins Wartezimmer, das sie nicht mehr verlassen hatten. Vorher hatte eine Schwester ihnen Kaffee gebracht. Nur Martin und Gerd hatten davon getrunken. Irmgard hatte stumm verneinend den Kopf geschüttelt, und Herbert, der am Fenster stand, den anderen den Rücken zugekehrt, schien die Schwester noch nicht einmal wahrgenommen zu haben.

Moorfeld war wieder gefolgt von dem blonden, schmalgesichtigen jungen Arzt.

Diesmal endlich lächelte er wieder, aber seine Augen schienen noch müder.

»Es ist alles in Ordnung«, sagte er, »sie hat ein Mädchen geboren. Nach menschlichem Ermessen wird es beiden bald sehr gut gehen.«

»Das hast du uns schon einmal versprochen«, flüsterte Irmgard, »und da...«

»Du darfst wirklich beruhigt sein, diesmal bestimmt.« Moorfeld berührte flüchtig ihren Arm. »Übrigens, Monika möchte Herbert sehen.«

Er wandte sich an Jacobi. »Aber nur kurz, und laß sie nicht zuviel sprechen, ja?«

Herbert Jacobi nickte. Er konnte nichts sagen.

Wie betäubt vor Erleichterung folgte er dem Arzt in das Zimmer Nr. 17.

Leise trat er an das Bett, in dem Monika lag, eine kleine, schmale Gestalt, die sich kaum unter dem Bettuch abzeichnete.

Moorfeld beugte sich über Monika. »Kind, dein Vater ist da«, sagte er sehr behutsam.

Ihre Lider hoben sich langsam, so langsam, als bereite es ihr große Mühe.

»Pappi?« Das war nur ein Hauch.

»Ja – Häschen?«

Ihre blassen Lippen verzogen sich, als wollte sie lächeln. »Du sagst wieder Häschen zu mir?« flüsterte sie.

»Das habe ich doch immer getan.«

Sie schüttelte den Kopf. »Nicht, seitdem ich – nicht in den letzten Wochen. So wie jetzt nicht mehr.«

»Du darfst nicht so viel sprechen«, sagte Herbert. »Du mußt ganz brav und ruhig sein.«

»Ja«, formten ihre Lippen.

Und dann: »Ich habe eine Tochter, Pappi, eine richtige Tochter.«

Herbert nickte stumm. Spürte mit einemmal, daß seine Augen naß waren, sah ihr dünnes, winziges Gesicht in dem weißen Kissen nur noch wie durch Nebel.

»Aber ich will ihn nicht sehen. Pappi, hörst du, nie mehr. Ich will Gerd nie mehr wiedersehen!«

»Das brauchst du auch nicht«, sagte Moorfeld, der hinter Jacobi stand. »Du brauchst nichts zu tun, was du nicht willst. Du mußt nur wieder richtig gesund werden.«

»Stimmt das, Pappi?«

»Ja«, sagte ihr Vater. »Ja, natürlich.«

»Dann ist es gut«, flüsterte sie, »dann ist alles gut.«

Ihre Augen schlossen sich, langsam neigte sich ihr Kopf zur Seite.

Moorfeld gab Herbert einen Wink. Die beiden Männer verließen das Krankenzimmer.

»Wenn du mir einen Rat erlaubst, laß den jungen Mann vorerst wirklich nicht zu ihr.«

»Natürlich nicht«, erwiderte Herbert. Er faßte nach Moorfelds Arm und zwang den Arzt, stehenzubleiben. »Meinst du, daß jetzt alles gut wird, daß es jetzt überstanden ist?«

»Ja«, sagte Moorfeld. »Bestimmt. Du wirst sehen, sie erholt sich schneller, als wir alle glauben. Nur denk daran, sie darf keine Aufregungen haben – und dazu gehört offenbar der Ehemann«, fügte er sarkastisch hinzu.

»Wenn du nicht gewesen wärest...«, sagte Herbert.

Moorfeld schüttelte den Kopf. »Komm, mein Lieber, dann wäre ein anderer Arzt dagewesen. Wir haben nichts Außergewöhnliches getan, gar nichts. Ich hab' bloß den Eindruck gehabt, als hätte deiner Tochter gar nicht mehr soviel am Leben gelegen, und das war in ihrem Zustand natürlich nicht gerade das Richtige. Na ja, mit sechzehn, siebzehn ist man in unseren Breiten eben noch ein bißchen zu jung, um Kinder zu kriegen.«

»Du hast recht«, sagte Herbert, »du hast in allem recht.« Er blickte Moorfeld an und schnell wieder von ihm fort.

»Bitte, willst du mir noch einen Gefallen tun?« fragte er dann.

»Natürlich, wenn es geht«, sagte Moorfeld.

»Unterrichte die anderen. Bitte, sag meiner Frau, daß ich schon gegangen bin. Ich muß jetzt erst einmal allein sein, verstehst du?«

Er sah im Gesicht des Arztes, daß dieser nicht verstand. Trotzdem erwiderte Moorfeld: »Wie du willst, Herbert.«

»Danke.«

Die beiden Männer gaben sich die Hand.

Moorfeld sah Herbert kopfschüttelnd nach, wie er schnell den Flur entlangging und ohne sich umzuwenden in den Aufzug stieg.

Herbert wußte, er mußte Carla noch einmal sehen. Ein letztes, allerletztes Mal, bevor sie ihn für immer verließ.

Er mußte ihr doch erklären, warum jetzt alles für sie vorbei war, ihr sagen, daß er nichts dazu konnte und daß es über seine Kraft ging, noch etwas für sich selbst vom Schicksal zu verlangen.

Lange saß er auf einer Bank unten am Rhein, sah zu, wie die Dämmerung über den Fluß sank, das Grau des Himmels sich verdunkelte, zu tiefem Schwarz verdichtete.

Die Ampeln der Uferbeleuchtung flammten an, und Herbert saß immer noch regungslos, die Hände in die Taschen seines Mantels vergraben, den Kragen hochgeschlagen. Es war sehr kalt, aber er spürte die Kälte nicht, nahm sie nicht wahr, weil alles Gefühl aus ihm gewichen schien.

Er mußte Carla anrufen. Sie bitten, sich mit ihm zu treffen.

Er wollte nicht mehr in ihre Wohnung gehen. Er durfte es nicht, wenn er nicht wieder seinen eigenen Wünschen nachgeben sollte.

Er rief Carla von einer Telefonzelle aus an.

Sie schien darauf gewartet zu haben. Sie nahm sofort den Hörer ab.

»Wie geht es Monika?« fragte sie.

»Besser«, sagte er mit trockener Stimme.

»Ich möchte dich sehen«, bat er.

»Wo?« fragte sie.

Er mußte schlucken, ehe er antworten konnte. »Du kennst die Imbißstube hinter dem Bahnhof?«

»Ja«, erwiderte sie.

»Wenn es dir keine Umstände macht, komm bitte dorthin.«

»Ich nehme mir ein Taxi.«

»Ich erwarte dich.«

»Ja« – Und dann hängte sie ein.

Herbert legte langsam den Hörer auf. Langsam verließ er die Telefonzelle, schritt die Uferpromenade entlang zu seinem Wagen auf dem Parkplatz.

Von den Kirchen begannen die Glocken zu läuten. Ihr Ton klang seltsam fern und verloren durch den dunklen Winterabend.

Carla saß an einem der Tische in der Nähe des Buffets. Die Neonröhre über der Theke flackerte und warf bläuliche Reflexe auf ihr schwarzes Haar.

Herbert stand vor der breiten Schaufensterscheibe der Imbißstube und blickte sie an, sah, wie sie die Hand hob, wie die Serviererin zu ihr trat, mit ihr sprach, dann hinter die blinkende Kaffeemaschine zurückkehrte und einen der Hähne betätigte. Er sah, wie Carla sich eine Zigarette anzündete, wie sie das Filtermundstück zwischen ihre Lippen schob, daran sog, den Rauch ausstieß, ihm nachblickte, wie er sich zerfaserte –

Und dann trafen sich ihre Augen.

Carlas Hand mit der Zigarette sank herunter, ihre Lippen öffneten sich, sie lächelte.

Herbert nickte ihr zu, trat dann schnell zur Tür, stieß sie auf.

Carla lächelte immer noch.

Er schritt rasch zu ihr, beugte sich herunter, sagte: »Guten Abend, Carla.« Seine Stimme klang atemlos und doch flach, er hörte es selbst. Er berührte ihre Hand mit seiner Hand. Das Lächeln wich aus ihrem Gesicht.

Das Mädchen kam und stellte eine Tasse Kaffee auf den Tisch.

»Was darf ich dem Herrn bringen?« fragte sie.

»Einen Kaffee«, antwortete Herbert, ohne seinen Blick von Carla zu nehmen.

Er zog seinen Mantel aus, hängte ihn über einen Stuhl, setzte sich.

»Ich danke dir, daß du gekommen bist«, sagte er.

Carla nickte stumm. Sie war blaß. Zum ersten Mal bemerkte Herbert zwei dünne Falten in ihren Mundwinkeln.

Er hob die Tasse zum Mund. Der Kaffee war heiß und verbrannte ihm den Gaumen.

»War es sehr schlimm?« fragte sie. Und er wußte, was sie in seinem Gesicht sah: die unrasierten Wangen, deren Stoppeln er fühlte, wenn er mit der Hand darüberfuhr, die gelblich zerfurchten Lider von zwei durchwachten und durchsorgten Nächten.

»Es war sehr schlimm«, sagte er. »Ich habe nicht geglaubt...« Er brach ab.

»Es ist vorbei. Junge Menschen erholen sich schnell. Du wirst sehen, bald ist Monika wieder ganz in Ordnung.«

Er nickte.

»Du solltest nach Hause fahren, du brauchst Schlaf.«

»Nach Hause«, wiederholte er und horchte dem Klang dieser Worte nach. Carla hatte es sanft und ganz selbstverständlich gesagt, obwohl sie wie er wissen mußte, daß nach Hause »Irmgard« bedeutete.

»Ich wünschte, es wäre alles anders gekommen«, sagte er.

Sie lächelte ihn an. Die Fältchen in ihren Mundwinkeln vertieften sich.

»Es war sehr schön«, sagte sie leise.

»Ja.«

»Ich werde es nie vergessen.«

»Ja«, sagte er. »Nie.«

Er hob seine Hand, hob sie über den Tisch hinweg, legte sie auf ihre Hände. Es war ein langer Weg, den seine Hand zurücklegte, ein Weg, der nirgendwohin führte, denn er wußte, es war das letzte Mal, daß er mit Carla zusammen war.

»Was wirst du tun?« fragte er.

»Ich gehe nach Berlin.«

»Deine Mutter wird froh sein.«

Carla nickte lächelnd.

Ihr Gesicht war sehr weiß. Sie senkte den Kopf, als könne sie seinen Blick nicht länger ertragen.

»Ich liebe dich, Carla«, sagte er, »das mußt du mir glauben.«

»Ich weiß«, flüsterte sie.

»Wenn – ich meine – wenn alles anders gekommen wäre, wenn ...«

»Ich weiß es«, sagte sie, »bitte, ich weiß alles, aber sprich nicht mehr davon.«

Ihre Finger zuckten unter seiner Hand wie die Flügel eines ängstlichen Vogels.

Langsam zog sie ihre Hände fort.

»Ich muß jetzt gehen«, sagte sie.

»Ich bringe dich nach Hause.«

Sie schüttelte den Kopf. »Ich fliege in einer Stunde.«

Er hatte damit gerechnet, er hatte es geahnt. Aber es nahm

ihm den Atem, kam doch so plötzlich, schlug ihn, traf ihn ins Herz.

Herbert winkte die Serviererin heran, bezahlte.

Er half Carla in den schwarzen Ledermantel, nahm ihren Arm, als sie aus dem Lokal traten.

Der Wind fuhr ihnen mit seiner Eishand ins Gesicht. Vom Rhein herauf heulte eine Schiffssirene.

Sie überquerten den Parkplatz, stiegen in seinen Wagen. Die Scheibenwischer waren festgefroren. Carla stieg noch einmal aus, wischte mit ihrem Handschuh die eisverkrustete Windschutzscheibe blank. Herbert ließ den Motor an, ließ ihn warmlaufen.

Dünn, weit auseinandergezogen schoben sich die Wagen über die Deutzer Brücke, die Straßenbahnschienen blinkten hell zwischen dem dunkelbraunen Schneematsch der Fahrbahn.

Sein Wagen glitt ein-, zweimal schlingernd hin und her. Carla saß nah neben ihm, und manchmal konnte er ihren Atem auf seiner Wange spüren.

Es hatte wieder zu schneien begonnen. Lautlos fielen die weißen Flocken, setzten sich auf die Windschutzscheibe, schmolzen unter den Wischern. Die Scheinwerfer der entgegenkommenden Wagen auf der anderen Fahrbahn geisterten wie Irrlichter vorbei.

»Ein Sommer und ein Winter«, sagte Herbert.

»Ein Sommer und ein Winter«, sagte sie.

Noch eine Stunde, dachte er.

Nicht mal mehr eine Stunde, dachte sie.

Vorbei. Endgültig vorbei. Schon jetzt nur noch Erinnerung.

Die Liebe ist ein Traum, dachte Carla, nicht mehr und nicht weniger als das. Unfaßbar, ungreifbar, unhaltbar.

Bei der Abfahrt Königsforst gab es eine Verkehrsstauung. Ein Lastwagen war in den Graben gefahren und umgekippt.

Sie mußten anhalten, warten. Dann leitete ein Polizist sie weiter.

Von der Straße durch den Königsforst zog Herbert den Wagen in eine Schneise, fuhr über weißen, unberührten Schnee. Sie hörten das Rauschen des Windes in den Bäumen, als der Motor abgestellt war.

Herbert wandte sich um. Legte seinen Arm auf Carlas Sitzlehne.

»Carla.« Sein Arm zog sie zu sich heran.

Ein letztes Mal, das allerletzte Mal.

Er hielt sie in seinen Armen. Ihr Haar streifte sein Kinn, als sie ihr Gesicht drehte, um ihre Wange an seinen Hals zu legen.

Ich kann nicht, dachte er, ich kann sie nicht verlieren. Mein Gott, ich bitte dich.

Aber er durfte nicht mehr um etwas bitten, nie mehr für sich selbst. Das Maß dessen, was ihm an Gnade gewährt werden konnte, hatte sich erfüllt: Monika lebte, ihr Kind lebte; er durfte nichts mehr für sich verlangen.

»Fahr bitte weiter«, sagte Carla, »bitte, bitte fahr.«

Er fuhr weiter.

Sie erreichten schnell den Flugplatz. Parkten den Wagen, betraten die Halle.

Carla ging zum Schalter der BEA, kam rasch zurück.

»Dein Gepäck?« fragte er.

»Es ist alles in Ordnung«, sagte sie.

»Hoffentlich hast du einen guten Flug.«

»Sicher«, sagte sie.

»Aber vielleicht gibt es einen Aufschub, es schneit doch noch?«

»Es hat aufgehört zu schneien, eine ganze Weile schon«, erwiderte sie.

Und dann sagte sie: »Geh! Bitte, geh jetzt. Bitte.«

Ihre Lippen bewegten sich kaum, so, als bereite das Sprechen ihr große Mühe.

Herbert nickte, räusperte sich, wollte etwas sagen, konnte es nicht.

Bitte, bitte, geh, bat sie. Stumm formte ihr Mund die

Worte.

Und doch hörte er es, verstand es, wußte, er mußte gehen.

Er mußte gehen – jetzt.

Ihr Gesicht, die weiten Augen, die weiße glatte Stirn, das dunkle Haar, schwarze Flügel, die ihre Wangen beschatteten, die geschwungenen Lippen, und die Fältchen, diese winzigen dünnen, neuen Runen in ihren Mundwinkeln.

Sie hob ihre Hand zum Mund, strich mit den Fingerspitzen darüber, und Herbert wollte, daß dies das letzte sei, was er von ihr sah, daß er dies mitnahm, diese winzige, zärtliche, sanfte Geste, die er nie vergessen würde.

Herbert wandte sich um und ging.

Er wußte, sie blickte ihm nach. Aber er drehte sich nicht mehr um – er konnte es nicht.

Licht fiel aus dem Fenster des Wohnzimmers. Malte ein helles Rechteck auf den Schnee, der matt in der Dunkelheit leuchtete.

Herbert hatte gewußt, daß Irmgard auf ihn warten würde. Aber er hatte nicht damit gerechnet, daß sie so lange aufbleiben würde.

Es war schon zwei Uhr.

Er war noch lange ziel- und sinnlos herumgefahren, war ein Stück durch den Wald gelaufen, der sich nah von der Autobahn her an die Stadt heranschob, hatte auf einer Bank gesessen, bis er die Kälte spürte, die äußere Kälte, die mit Eisnadeln in sein Gesicht stach. Er hatte unzählige Zigaretten geraucht, aber er war nicht in eine Kneipe gefahren, um zu trinken, um zu vergessen – um das weiße, schmale Gesicht, umrahmt von dem schwarzen Haar, um diese weiten Augen und die zärtliche Geste für immer zu vergessen.

Er wünschte, er hätte das Bild wenigstens für einen Augenblick verdrängen können, doch gleichzeitig wollte er den Schmerz, wollte er das nagende, brennende, beißende Gefühl des Verlustes, wollte er, daß es alles andere in ihm wegbrannte.

Dann dachte er an die Kinder – an Monika und Martin und Gerd.

Und dann dachte er an Irmgard.

Er sprach den Namen vor sich hin, als habe er ihn noch nie gehört.

Und doch war da etwas, das er längst verschüttet geglaubt hatte – aus diesem Namen kam Ruhe über ihn.

Es war eine kühle, mäßige Ruhe, die ihn mit einemmal erfüllte, und das Bewußtsein, daß er noch irgendwohin gehörte, daß die Jahre der Gemeinsamkeit ihre Spuren unauslöschlich hinterlassen hatten, daß er noch zurückkonnte, wenn er wollte.

Da fuhr Herbert Jacobi nach Hause.

Setzte den Wagen in die Garage, ging zur Haustür.

Während er noch in der Diele war, kam Irmgard aus dem Wohnzimmer.

Sie sagte kein Wort, nahm ihm den Mantel ab, hängte ihn auf einen Bügel. Legte die Handschuhe und den Schal in den Garderobenkasten.

Stumm ging sie in die Küche. Sie hatte ihn nicht einmal angesehen.

Herbert zögerte, folgte ihr dann.

Sie stand am Elektroherd, hantierte mit der Kanne aus Jenaer Glas, in welcher der Wein zu brodeln begann. Der herbsüße Duft des Glühweins durchzog die ganze Küche.

»Er ist gleich fertig«, sagte Irmgard, »nimmst du schon die Gläser?« Ihre Stimme klang ganz selbstverständlich, ganz ruhig.

Herbert stellte die Gläser in die Bastkörbchen und nahm das Tablett aus dem Schrank.

»Möchtest du noch etwas essen?« fragte Irmgard.

»Nein, danke. – Aber hast du Zigaretten?«

»Ja, im Küchenschrank.«

Er holte sich ein Päckchen, riß die Banderole ab, klopfte eine Zigarette heraus, zündete sie an.

»Wo sind die Jungen?« fragte er.

»In der Dorotheenstraße.«

»Ich habe Carla fortgebracht«, sagte er dann.

Irmgard hielt ihr Gesicht abgewandt, als sie den heißen Wein in die Gläser goß.

»Du mußt in den nächsten Wochen nach Hamburg«, sagte sie statt einer Erwiderung. »Colman hat angerufen. Sie bringen eine neue Feuchtigkeitscreme auf den Markt. Es soll ein besonderer Werbefeldzug gestartet werden.« Sie schlürfte langsam von ihrem Glas.

Eine Weile lang sah Herbert ihr zu. Dann trank er auch. Er hatte nicht erwartet, daß dieses Getränk ihn mit so viel plötzlicher Wärme erfüllen würde.

»Möchtest du mitfahren – nach Hamburg?« fragte er.

Es war eine spontane Idee, und er fuhr schnell fort, ehe es ihn reuen konnte: »Du magst Hamburg doch sehr, und wir sind so lange nicht mehr dort gewesen.«

»Seit unserer Hochzeitsreise«, sagte sie.

Dann war es mit einemmal sehr still.

Sie blickten sich an, über den Tisch hinweg, voneinander getrennt durch die glatte weiße Platte.

Schnell rollte der Film ihres Lebens vor ihnen ab, die guten und die bösen Jahre, die glücklichen und die schlimmen Tage.

»Ich fahre gern mit dir«, sagte sie dann. Sie sprach ganz langsam, und er hörte, wie ihre Stimme zitterte.

»Ich will dir nichts versprechen«, entgegnete er, »weißt du, das kann ich nicht mehr, nach allem, was geschehen ist. Aber ich will mir alle Mühe geben...«

Sie nickte stumm, lächelte dann, und mit einemmal rannen Tränen aus ihren weitoffenen Augen, über die schmalen Wangen, über das Kinn.

Sie saß regungslos, weinte lautlos.

Herbert hob seine Hand, hob sie über den Tisch an ihre Wange und wischte die Tränen fort.

8

Monika erholte sich überraschend schnell. Moorfeld hatte mit seiner Voraussage recht behalten; schon nach wenigen Tagen war sie so weit hergestellt, daß sie zum ersten Mal aufstehen durfte.

»Ich komme mir ganz komisch vor«, sagte sie zu der Schwester, die ihr in den Morgenmantel half. »So dünn und so ganz anders. Ich komme mir richtig neu vor.«

Vorsichtig schritt sie zur Waschnische in der Ecke. Sie hielt sich mit den Händen am Rand des Beckens fest, während sie sich vorbeugte und ihr Gesicht ernsthaft im Spiegel prüfte.

»Ich sehe wieder genau wie früher aus«, rief sie verblüfft.

Die Schwester lächelte. »Das ist immer so, wenn das Kindchen erst mal da ist.«

»Aber die Flecken auf der Stirn sind noch da, bleiben die?« fragte Monika.

»Natürlich nicht«, erwiderte die Schwester. »Die verblassen auch. Genau wie die Erinnerung an die Schmerzen der Geburt.«

Die Geburt – davon hatte Monika gar nicht viel gemerkt, da schien sie so weit fort gewesen zu sein, tief untergetaucht in die wallenden roten und grauen Nebel ihrer Bewußtlosigkeit.

»Ich bin so froh, daß alles vorbei ist«, seufzte sie. »Jetzt fängt mein Leben erst richtig an.«

»Das will ich meinen«, lächelte die Schwester und ordnete die Rosen, die ein Bote soeben gebracht hatte, in eine Vase. »Mit so einer süßen, kleinen Tochter…«

»Von wem sind die Blumen?« fragte Monika.

Sie kämmte ihr Haar, tat es sehr behutsam und vorsichtig, bis es sich zur gewohnten Fülle bauschte.

Die Schwester zog den Umschlag aus dem Strauß und öffnete ihn. »Von Ihrem Mann.«

Monika hielt eine Sekunde lang mit Kämmen inne. Eine

dünne Falte kerbte sich zwischen ihre Brauen über der Nasenwurzel ein.

»Nehmen Sie die Blumen mit nach draußen«, sagte sie heftig. »Ich kann Rosen nicht ausstehen.«

»Ja – aber, was soll denn Ihr Mann sagen, wenn er kommt?«

»Nehmen Sie die Blumen mit!« Monika fuhr herum.

»Wenn Sie's so wollen...« Die Schwester zuckte die Achseln, stellte die Vase dann auf das Frühstückstablett und trug alles hinaus.

Monika kehrte zu ihrem Bett zurück, setzte sich auf den Rand. Unwillkürlich ballte sie ihre Hände zu Fäusten. Sie wollte Gerds Blumen nicht. Er konnte ihr damit gestohlen bleiben. Sie wollte überhaupt nichts mehr von ihm wissen.

An jenem Nachmittag, als sie auf der Straße zusammenbrach, war sie auf dem Weg zum Büro ihres Vaters gewesen. Sie hatte gehofft, Gerd dort »zufällig« zu treffen. Wenn sie ihn getroffen hätte, wäre noch alles gut geworden.

Aber jetzt? Sie wollte ihn nicht mehr sehen. Sie hatte genug von ihm.

Ich hasse ihn, dachte sie. Ja, ich hasse ihn.

Er hat sich nicht um mich gekümmert. Erst als ich fast im Sterben lag, ist er gekommen. Herumgetrieben hat er sich, während ich Schmerzen hatte, hat überhaupt nicht daran gedacht, daß mir etwas passieren könnte. O ja, ich weiß ganz genau, daß es so war, auch wenn es mir niemand gesagt hat. Ich hab' schon verstanden, was Mammi mir erzählt hat – daß er sich bessern will und so. Wenn er sich immer anständig benommen hätte, brauchte er sich auch nicht zu bessern.

Aber sie würde es ihm schon zeigen. Er konnte nun tun, was er wollte; sie würde sich gar nicht mehr darum kümmern. Er war ihr jetzt egal. Ja, ganz egal war er ihr!

Blumen schickte er, pah. Er selbst kam nicht, dazu hatte er keinen Mut.

Ich habe Vater zwar gesagt, daß ich Gerd nicht sehen will. Aber versuchen hätte er es wenigstens können...

Ach, Unsinn, sie schüttelte den Kopf, ich will gar nicht mehr daran denken. Das ist vorbei. Jetzt fange ich zu leben an.

Daran will ich denken. An die neuen Kleider, die ich jetzt bekommen werde; und Silvester will ich eine richtige Party feiern, mit vielen jungen Leuten. Ich will tanzen, die ganze Nacht durch tanzen.

Monika ließ sich auf das Bett zurücksinken und schloß halb die Augen. Sie gab sich ganz den mädchenhaft-naiven Träumen davon hin, was sie sich unter dem Leben vorstellte.

»Du liegst da hingegossen wie eine Filmdiva«, sagte Martin, der unbemerkt das Zimmer betreten hatte.

»Tag, Martin.« Monika richtete sich auf die Ellenbogen auf.

»Gut siehst du aus«, sagte er, »schon richtig gesund.«

»In ein paar Tagen darf ich auch nach Hause«, erwiderte sie. »Noch vor Weihnachten.«

Martin zog sich einen Stuhl heran.

»Was macht das Baby?«

»Gut. – Bleibst du über Silvester hier?« fragte sie übergangslos.

»Vielleicht.«

»Du – dann lädst du ein paar Freunde ein, ja? Und ich ein paar Mädchen aus meiner früheren Klasse? Wir machen eine schicke Party, abgemacht?«

Ihr Bruder betrachtete sie mit einem leisen, spöttischen Lächeln.

»Du bist ja sehr unternehmungslustig für eine junge Mutter...«

»Na und?« fragte sie und richtete sich jetzt ganz auf. »Das ist ja auch mein gutes Recht. Ich hab' schließlich lange genug auf alles verzichten müssen.«

»Auf was denn zum Beispiel?« fragte er.

Sie sah ihn verständnislos an. »Ich habe schließlich ein Kind gekriegt, da sieht man ja nicht gerade prima aus, oder?«

»An das Kind solltest du jetzt auch zuerst denken, bevor

du von Parties und was weiß ich sonst noch träumst.«

»Das Kind – das Kind...«, ahmte sie ihn nach, »etwas anderes kriege ich überhaupt nicht mehr zu hören. Mammi redet die ganze Zeit davon, Pappi, und jetzt fängst du auch noch an!« Sie blitzte ihn mit ihren großen blauen Augen an. »Ich kann es bald nicht mehr hören!«

»Das wird dir wenig helfen«, sagte Martin. »Du wirst es hören müssen, ob du willst oder nicht. Schließlich ist es ja dein Kind.«

»Und von mir? Von mir redet keiner!« stieß Monika hervor.

»Doch«, erwiderte Martin ernst, »Gerd redet nur von dir.«

Monika preßte die Lippen zusammen.

»Das scheint dir ziemlich egal zu sein, wie?«

»Ja, ist es mir auch!«

»Hör mal zu«, Martin beugte sich vor. Er sah sie fest an. »Eigentlich geht es mich ja nichts an, aber du und dein Gerd, ihr habt den Eltern so viel Kummer und Aufregung in den letzten Monaten bereitet, daß es für euch jetzt endlich an der Zeit wäre, sich wie erwachsene Menschen zu benehmen. Gerd läuft dauernd mit einem langen Gesicht herum, vermasselt jede Menge Aufträge durch seine Unaufmerksamkeit, benimmt sich abwechselnd auftrumpfend oder zu Kreuze kriechend, und alles nur, weil du ihm nicht erlaubst, zu dir zu kommen. – Du aber benimmst dich wie eine dumme Göre!«

»Gerd hat mich zutiefst verletzt«, sagte Monika pathetisch.

Martin lachte laut heraus. Er konnte sich einfach nicht beherrschen. »In welchem Schauerdrama hast du denn diesen Satz aufgepickt?«

»Überhaupt nicht!« schnappte Monika zurück. »Aber es stimmt. Gerd hat kein Verständnis für mich. Er macht sich nichts aus mir. Er behauptet, ich hätte ihn bestohlen... und... und...«

»Hör schon auf«, sagte Martin, nun wieder ernst. »Das,

was ihr euch gegenseitig vorwerft, sind nichts als dumme Kindereien. Überall, in jeder Ehe und in jeder Freundschaft kommt mal etwas vor, worüber man sich streitet, aber mit ein bißchen Verständnis ...«

»Das hat Gerd eben nicht. Ich hätte ihm niemals Geld genommen, wenn ...«

»Aber das ist doch schon längst vergessen und vergeben«, unterbrach Martin sie. »Mutter hat mit Gerd darüber gesprochen, und du kannst mir glauben, daß er sehr schuldbewußt war, weil er sich in dieser Angelegenheit so dumm benommen hat.«

»Es ist mir egal«, sagte Monika, »es ist mir ganz egal.«

»Du bist noch schlimmer als Gerd, ich hätte es wissen müssen«, Martin schüttelte den Kopf. »Du bist immer zu sehr verwöhnt worden. Was du wolltest, das bekamst du, und das wurde gemacht. Aber hoffentlich tut es dir nicht eines Tages leid, daß du unseren Eltern soviel Kummer bereitest. Hoffentlich kommt nicht der Tag, wo du das bereuen mußt. Wenn ich daran denke, mit wieviel Verständnis und Liebe sie damals gehandelt haben, als du kamst und erklärtest, daß du ein Kind kriegst. Andere Eltern hätten dich aus dem Haus geworfen. Vielleicht wäre das sogar besser für dich gewesen. Vielleicht wärst du dann nicht so maßlos geworden. Seit vier Tagen ist dein Kind auf der Welt, dessen Vater du nicht sehen willst, und du denkst an nichts anderes als an Parties, neue Kleider wahrscheinlich auch, und wie du dich am besten amüsieren kannst – jetzt, wo du keinen dicken Bauch mehr hast! Ja, fang bloß an zu heulen, das beeindruckt mich nämlich gar nicht. Du weinst ja doch nur aus Selbstmitleid!«

Martin stand auf.

»Mach, was du willst«, sagte er, »aber denk vielleicht in Zukunft mal ein bißchen an unsere Eltern, und daß sie dein blödes Benehmen nicht verdient haben. – Mutter zittert heute schon vor dem Tag, an dem du aus dem Krankenhaus entlassen wirst, weil dann alles wieder von vorne losgeht, dieses ewige Hin und Her zwischen Gerd und dir!«

»Hau ab«, schluchzte Monika. »Mach doch, daß du wegkommst. Ich will dich nicht mehr sehen. Dich nicht, und niemanden mehr.«

Aber später, als Martin gegangen war, als sie mit Weinen aufgehört hatte, weil es dafür keine Zuschauer mehr gab, da dachte Monika daran, was er ihr gesagt hatte.

Sie wehrte sich zuerst dagegen, ihm recht zu geben. Sie dachte, mich versteht eben niemand, mich will ja niemand verstehen.

Die Schwester brachte ihr das Baby für eine halbe Stunde vor dem Mittagessen.

Monika hielt es im Arm, zuerst noch wie etwas Fremdes, wie etwas, das ganz und gar nicht zu ihr gehören konnte.

Durch die Jäckchen und die Windeln spürte sie die Wärme des kleinen Körpers, und ohne, daß sie es gewahr wurde, begann sie, das winzige Geschöpf eingehend zu betrachten, sah voller Staunen die kleinen Hände mit den vollkommen geformten Fingern und den winzigen Nägeln, durchforschte das zarte bräunliche Gesichtchen mit den dünnen Augenlidern, an denen selbst die Wimpern nicht fehlten, strich vorsichtig über den schwarzen Haarflaum und die zierlichen Ohren.

Mein Kind, dachte sie zum ersten Mal ganz bewußt, meine kleine Tochter, die ich geboren habe.

Sie war erfüllt mit seltsamem Staunen und mit Ehrfurcht vor diesem winzigen, kleinen Menschen, der ganz allein ihr gehörte, der aus ihr geboren war.

Vielleicht hatte Martin doch nicht so unrecht? Vielleicht lohnte es sich wirklich, zuerst einmal an das Baby zu denken und nicht an sich selbst oder an dumme Streitereien, die sie und Gerd entzweit hatten?

Vielleicht lohnte es sich, es noch einmal zu versuchen?

Aber ich will mein Kind für mich allein haben, dachte sie, wenigstens solange ich noch im Krankenhaus liege. Wenn ich entlassen werde, soll Gerd mich abholen, und dann soll unsere Tochter auch ihm gehören. Sie wußte nicht, daß Gerd kaum einen Tag verstreichen ließ, ohne ins Krankenhaus zu kommen. Die Schwestern auf der Säuglingsstation kannten ihn schon als einen der Väter, die am meisten darauf versessen waren, ihre Kinder zu sehen.

So lange wie möglich stand er an der trennenden Glasscheibe, hinter der die Schwester seine Tochter auf den Armen hielt, damit er sie betrachten konnte. »Nur noch eine Minute«, bat er, wenn die Schwester es schließlich müde wurde, das Kind auf dem Arm zu halten, und es zurück zu seinem Bettchen tragen wollte.

In Gedanken nannte er seine Tochter schon Susanne, und die Spielzeugläden zogen ihn nun mehr an, als die prächtigsten Autosalons es normalerweise taten. Er brachte Puppen mit nach Hause und Stofftiere, bis das Kinderzimmer selbst einem Spielzeugladen glich.

Er wartete mit Sehnsucht auf den Tag, an dem er Monika und das Kind nach Hause bringen durfte.

Er allein sollte sie abholen – so war es beschlossen. Monika weigerte sich zwar noch immer, ihn zu sehen, aber das würde ihr am Tag ihrer Entlassung aus dem Krankenhaus nicht mehr gelingen.

Der Flur war hoch und breit und weiß gestrichen. Schwarz und weiß war der Fußboden ausgelegt. Heller Sonnenschein fiel durch breite Fenster herein und verschärfte die Konturen des Schachbrettmusters.

Gerd hatte kaum ein paar Schritte in diesen Flur getan, als sich weit hinten eine Tür öffnete.

Eine Schwester trat heraus, und dann ein junges Mädchen mit blondem Haar.

Das junge Mädchen trug ein rosa Bündel auf dem Arm.

Gerd spürte, wie sein Herz einen Schlag lang aussetzte.

Dann schritt er schnell auf Monika zu, lief fast und sah die ganze Zeit über, wie sie dastand, neben der lächelnden Schwester, viel zu klein und zu zart und zu kindlich für das

Baby, das sie im Arm hielt.

»Monika«, sagte er atemlos.

Sie lächelte ihn an.

»Willst du es nehmen?« fragte sie, ganz selbstverständlich, so als habe es nie eine Entfremdung zwischen ihnen gegeben.

Er nickte stumm, konnte nichts sagen, streckte nur die Hände aus, nahm seine Tochter auf den Arm.

»Ist sie nicht süß, ist sie nicht ein ganz besonders hübsches Baby?« sagte die Schwester.

»Ja«, Gerd räusperte sich, »das ist sie wirklich.«

Gerd hatte ihre Wohnung in ein Blumenmeer verwandelt. Da waren langstielige dunkelrote Rosen, weiße Nelken und dunkelviolett Veilchen. Jede verfügbare Vase hatte er gefüllt.

Gerd hatte den Tisch im Wohnzimmer gedeckt und machte sich nun in der Küche zu schaffen, während Monika das Baby versorgte.

»Du hättest nicht soviel Geld für die Blumen ausgeben sollen«, sagte sie später, als sie im Wohnzimmer auf der Couch saßen.

»Freust du dich denn nicht?« fragte er verblüfft, denn es war das erste, was sie dazu sagte.

»Doch«, erwiderte sie, »aber ein Strauß hätte genügt.«

»Entschuldige«, bat er. Aber er wußte wirklich nicht, wofür er sich entschuldigte.

»Mußt du dich nicht wieder hinlegen?« fragte er; er sah, daß ihr Gesicht noch durchsichtig blaß war.

Monika schüttelte den Kopf. »Ich hab' doch die ganze Zeit gelegen.«

»Willst du eine Tasse Kakao trinken oder ein Stück Kuchen essen?«

»Nein«, sagte Monika, »davon werde ich zu dick. Gib mir lieber eine Zigarette.«

»Eine Zigarette?«

»Ja. Warum nicht?«

»Seit wann rauchst du denn?«

»Seit jetzt.«

»Dann – dann muß ich wohl welche holen gehen.« Gerd stand auf.

»Und ich möchte Sekt trinken«, sagte Monika, »zur Feier des Tages ...«

Sie verzog spöttisch den Mund, als er hilflos die Schultern zuckte und dann hinausging. Sie erhob sich, knipste das Radio an, wählte einen Sender mit Tanzmusik.

Sie drehte sich langsam, mit tastenden Tanzschritten, bis sie den Rhythmus fand.

Sie drehte und bog sich, war sich von den Fußspitzen bis zu den Schultern ihres ganzen Körpers bewußt – ihres neuen, schlanken, jungen Körpers.

Gerd blieb überrascht unter der Tür stehen, als er zurückkam.

Monika lächelte flüchtig, tanzte auf ihn zu, nahm ihm die Flasche Sekt aus dem Arm, die Schachtel Zigaretten, legte alles auf die Anrichte und streckte dann die Arme nach ihm aus.

Sie schmiegte sich eng an ihn, während sie mit ihm tanzte.

»Du bist mir nicht mehr böse – wegen früher?« fragte er nach einer Weile. Denn er verstand sie nicht, nicht dieses seltsame, neue, selbstbewußte Benehmen.

Sie schüttelte stumm den Kopf.

»Ich – ich habe auch das Auto noch nicht gekauft, ich wollte damit warten, bis du zu mir zurückkommst ...«

Monika legte ihre Wange an seine Wange.

»Hast du mich noch lieb?« fragte er leise.

Sie lächelte ihn an – erwiderte nichts, nickte nicht ja, schüttelte aber auch nicht den Kopf.

»Mach den Sekt auf«, sagte sie.

Er gehorchte. Holte die Sektkelche aus dem Schrank. Er stellte sich ungeschickt beim Öffnen der Flasche an. Der Korken schoß heraus, der Sekt schäumte über.

»Was machst du denn da?« fragte Monika. »Kannst du

noch nicht einmal eine Sektflasche öffnen?« Sie zündete sich eine Zigarette an. Rauchte, und sie stellte sich dabei nicht weniger ungeschickt an als Gerd beim Öffnen der Flasche – nur wußte sie das nicht.

So begann ihr neues Zusammenleben: an einem Winternachmittag, einen Tag vor Heiligabend, in der Wohnung, die bisher niemals ihr wirkliches Zuhause gewesen war; bei einer Flasche Sekt, die sie in einen kleinen Rausch versetzte, mit dem sie nichts anzufangen wußten; mit der ersten Zigarette, die nicht schmeckte, sondern nur Übelkeit verursachte – und mit dem Nicht-wissen, worüber sie reden sollten.

Sehr früh an diesem Abend verlöschten die Lichter in ihrer Wohnung. Sie lagen jeder in seinem Bett, wußten einer vom anderen, daß sie schlaflos waren, wollten einer dem anderen so vieles sagen, das sich nicht in Worte fassen ließ – und konnten noch nicht einmal zu der Umarmung finden, die sie bisher stets versöhnt hatte.

Gegen elf in der Nacht begann das Baby zu weinen.

Dünn drang das Greinen zu ihnen herüber.

Gerd knipste die Nachttischlampe an.

»Müssen wir nicht nachsehen, was Susanne fehlt?«

Monika rieb sich verschlafen die Augen, drehte sich auf die andere Seite.

»Geh schon mal«, murmelte sie. »Ich komme gleich.«

Gerd lief auf nackten Füßen ins Kinderzimmer.

Das Baby lag in seinem Bettchen, wie sie es hingelegt hatten, auf dem Rücken, die kleinen Fäuste gegen die Wangen gedrückt. Sein Gesicht war rot angelaufen. Susanne schrie aus Leibeskräften.

Gerd beugte sich über die Wiege.

»Was hast du denn?« fragte er hilflos. »Was hast du denn bloß?«

Das Kind hörte mit Schreien auf, schluchzte nur noch seufzend, seine Lippen bewegten sich, als sauge es an einer Flasche.

Irgendwo hatte Gerd einmal gelesen oder gehört, daß Babys auch in der Nacht gefüttert werden mußten.

Er ging zurück ins Schlafzimmer, zog seinen Morgenmantel über, schlüpfte in die Pantoffel.

Monika war wieder eingeschlafen.

Er ging in die Küche. Fand im Eisschrank eine Flasche, halb gefüllt mit einer sahnigen Flüssigkeit. Er kostete – es war ein dünner Milchbrei, aber viel zu kalt natürlich.

Gerd schaltete den Herd ein, setzte einen Topf mit Wasser auf, stellte die Flasche hinein.

Er wanderte zwischen Küche und Kinderzimmer hin und her, das Baby hatte wieder angefangen zu greinen. Er beruhigte das Kind, so gut er konnte, sprach leise auf es ein und erreichte für einen Augenblick, daß es still war. Aber sobald er sich entfernte, weinte es von neuem. Schweiß der Hilflosigkeit trat Gerd auf die Stirn.

Der Brei war noch nicht warm genug, und Gerd fand den Sauger nicht gleich, der auf die Flasche gehörte.

Er nahm das Baby auf den Arm, suchte, trug es hin und her, bis er ihm die Flasche geben konnte.

Gerd legte Susanne auch trocken, und als sie endlich zufrieden wieder einschlief, kehrte er in sein Bett zurück.

»Hast du ihr was zu trinken gegeben?« murmelte Monika kaum halb wach.

»Ja«, erwiderte er fast sarkastisch, »das habe ich, obwohl es eigentlich deine Arbeit wäre...«

Nichts blieb Gerd von diesem Tag und dieser Nacht als das Gefühl völliger Hilflosigkeit.

Martha Köhler erfuhr es aus dem Stadtanzeiger.

Sie las stets auch den Anzeigenteil, und an diesem Montagmorgen fand sie die Anzeige.

»Gerd und Monika Köhler
geben mit großer Freude die Geburt
ihrer Tochter Susanne bekannt.
Dezember 1980«

Martha spürte, wie ihr Gaumen trocken wurde. Sie befeuchtete ihre spröden Lippen mit der Zunge, griff dann nach der Tasse Tee, trank ein, zwei kleine Schlucke.

So war das also – nun war das Kind geboren, und sie mußte es wie irgendeine Fremde aus der Zeitung erfahren.

Eine Fremde war sie – war es geblieben, weil sie es so wollte. Manchmal, in einsamen Stunden, und die waren in der Überzahl, hatte sie mit dem Wunsch gekämpft, gegen ihre Prinzipien zu handeln und die Frau ihres Sohnes aufzusuchen.

Nein, sie hatte nicht auch das noch aufgeben wollen – die Distanz, welche sie zwischen sich und die Jacobis gelegt hatte, vor allem aber zwischen sich und ihrer unerwünschten Schwiegertochter.

Ein Mädchen ist es also, dachte sie. Ich habe mir auch immer eine Tochter gewünscht...

Ihr Blick schweifte zu dem Porträt ihres Mannes. Aber dazu blieb uns keine Zeit. Du hast noch nicht einmal deinen einzigen Sohn sehen dürfen.

Ein Mädchen, dachte sie. Ob es so aussieht wie Gerd? Oder eher blond, so wie Monika?

Susanne haben sie das Kind genannt. Ob sie wohl wissen, daß dies mein zweiter Vorname ist?

Ich muß dem Kind ein Geschenk schicken – das auf jeden Fall.

Martha stand rasch auf, unbewußt froh darüber, daß sie etwas zu tun hatte, daß der Morgen und der Tag einmal nicht untätig zu verstreichen brauchten.

Sie schloß das oberste Fach ihres Schreibtischs auf.

In einem schwarzen Etui lag dort die Uhr, die sie für Gerd als Weihnachtsgeschenk bestimmt hatte. Daneben stand ihre Schmuckschatulle.

Sie besaß nicht viel Schmuck – ein paar Broschen, Granate und Perlen, einen platingefaßten Brillantring von ihrer Mutter, ein Topascollier, und ganz zuunterst lag in Seidenpapier gedreht das Kettchen, das sie bei ihrer Geburt von ihrer Patin, Tante Martha aus Ostpreußen, geschenkt bekommen hatte.

Vorsichtig öffnete sie das Seidenpapier. Es war ein hauchdünnes Kettchen aus Goldgliedern, unterbrochen von dreizehn winzigen, mattschimmernden Perlen.

Susanne haben sie das Kind genannt. Vielleicht haben sie dabei doch an mich gedacht?

Mit einemmal war sie ganz sicher. Wenigstens Gerd mußte daran gedacht haben, wenigstens ihr Sohn – und das genügte schon.

Sie fand ein leeres Samtetui und legte das Kettchen hinein. Dem untersten Schreibtischfach entnahm sie einen Bogen Packpapier. Sie schrieb in großen, gut leserlichen Lettern die Adresse auf den Paketzettel.

Doch dann überlegte sie es sich anders.

Sie würde zu ihnen gehen. Ja, sie mußte einfach zu ihnen gehen. Schließlich wurde man nicht alle Tage Großmutter. Schließlich wurde man nicht alle Tage Patin.

Aber sie konnte nicht mit den Geschenken für Gerd und Susanne allein kommen, sie durfte Monika nicht mit leeren Händen gegenübertreten.

Die Granatbrosche, den Brillantring oder lieber die Anstecknadel mit den Perlen?

Junge Mädchen – oder besser junge Frauen – trugen heutzutage gern altmodischen Schmuck, das wußte sie aus den Frauenzeitschriften, auf die sie abonniert war. Martha entschloß sich zu der Granatbrosche.

Sie packte die einzelnen Geschenke in Weihnachtspapier und verschnürte sie mit grüner Seidenkordel.

Sie wählte das dunkelgraue Nachmittagskleid, das sie sich selbst zu Weihnachten gekauft hatte, und legte dazu das Topascollier an. Sie war erst am Vortag beim Friseur gewesen, und das weiße, bläulich schimmernde Haar lag wohlgeordnet um ihren Kopf.

Die Aufregung rötete ihre Wangen, ließ sie jünger aussehen, als sie war. Sie lächelte sich selbst im Spiegel zu. Es schien alles sehr leicht, wenn man erst einmal über seinen eigenen Schatten sprang – über die Vorbehalte und Skrupel, die eingefleischten Vorurteile und Prinzipien, die eine strenge Erziehung ihr vermittelt hatte.

Martha zog den schwarzen Persianermantel an und packte die Geschenke in ihre Handtasche.

Sie schloß die Wohnung ab, nachdem sie noch aufgeräumt hatte. Aber dieses Aufräumen fiel seit Jahren zum ersten Mal nicht sehr sorgfältig aus, denn sie hatte heute Wichtigeres vor.

Amtsgerichtsrat Kobalski kehrte gerade von seinem Morgenspaziergang zurück, als sie das Haus verließ.

»Guten Morgen«, er beugte sich über ihre Hand. »Sie sehen sehr wohl aus.«

»Danke«, lächelte sie, »ich hoffe, meine Kinder werden das auch finden.« Sie wunderte sich über sich selbst, über ihre Bereitschaft, allen ihre Sinnesänderung mitzuteilen.

»Wissen Sie, ich bin nämlich Großmutter geworden, und gleichzeitig Patin. Meine Enkelin heißt Susanne, nach mir...« Martha war jetzt dessen ganz sicher.

»Das freut mich für Sie, wirklich«, sagte Herr Kobalski. »Und der jungen Mutter geht es gut?«

»Ja – ich denke schon, natürlich...«, erwiderte Martha schnell.

»Meine Frau und ich wollten Sie eigentlich für heute abend zu einem Glas Wein zu uns gebeten haben«, sagte der Amtsgerichtsrat. »Aber daraus wird wohl nun nichts?«

»Nein – das glaube ich nicht«, entgegnete Martha hastig. »Aber herzlichen Dank für die Absicht, und vielleicht kommen Sie morgen zu mir auf eine Tasse Tee? – Bitte, entschuldigen Sie mich jetzt, ich muß mich beeilen. Wissen Sie, die Kinder erwarten mich...«

»Selbstverständlich.« Herr Kobalski machte seine Verbeugung. »Empfehlung an Ihre Kinder, und unsere herzlichsten Glückwünsche.«

Er sah Martha nach, wie sie eilig davonschritt.

Hoffentlich würde sie nicht enttäuscht werden. Hoffentlich würden ihre Kinder sie wirklich mit offenen Armen empfangen.

Herr Kobalski hatte die Anzeige auch gelesen und wußte, daß Martha erst dadurch von der Geburt ihrer Enkelin erfahren haben konnte. Denn noch am Abend vorher hatte sie mit keinem Wort ihre Kinder erwähnt – vor allem nicht, daß ihre Enkelin Susanne schon acht Tage alt war.

»Ich freue mich, daß wir die Kinder alle bei uns haben werden«, sagte Irmgard. Sie stand neben ihrem Mann und reichte ihm die Christbaumkugeln zu, die er an den grünen Zweigen der Tanne befestigte.

»Du hast sie noch jedes Jahr um dich versammelt«, gab er zurück.

»Und jetzt habe ich sogar einen Schwiegersohn und bin Großmutter dazu.«

»Eine junge Großmutter«, sagte er.

»Danke«, lächelte sie.

»Weißt du«, sagte Irmgard nach einer Weile, »eigentlich hätten wir Gerds Mutter... Wir hätten sie wenigstens einmal anrufen sollen.«

»Du meinst, wir hätten sie heute abend hierher bitten sollen, von wegen Weihnachten, dem Fest des Friedens?«

Irmgard nickte stumm.

»Aber noch nicht einmal Gerd scheint auf diese Idee gekommen zu sein.«

»Sicher«, gab Irmgard zu, »aber wir, als die Erwachsenen, als die Älteren...«

»Ruf sie doch an«, schlug Herbert vor.

»Wenn du es möchtest.«

»Meinst du wirklich?«

»Warum nicht?«

Irmgard legte schnell die Kerzen und das Engelshaar aus der Hand. Sie ging hinüber zum Telefon, schlug die Nummer nach, wählte dann. Nach einer Weile legte sie den Hörer auf.

»Es meldet sich niemand. Vielleicht ist sie verreist.«

»Vielleicht ist sie bei den Kindern«, sagte Herbert. »Wenn

sie heute morgen durch die Anzeige erfahren hat, daß sie Großmutter geworden ist?«

»Vielleicht«, lächelte Irmgard, und sie fuhr fort, ihm beim Schmücken des Weihnachtsbaums zu helfen.

Als es klingelte, öffnete Gerd die Wohnungstür. Er drückte auf den Haustürsummer und wartete.

Er wollte seinen Augen nicht trauen, als die schlanke weißhaarige Frau die Treppe heraufschritt.

»Mutter – du?« fragte er mit einer Stimme, die leer vor Verblüffung war.

»Du hast mich nicht erwartet«, sagte sie, »aber nun bin ich einmal da.«

»Ich wollte Monika besuchen«, fuhr Martha fort, »und meine Enkelin.« Es kam ihr ganz selbstverständlich von den Lippen. Vergessen waren die Zweifel und die Unsicherheit, die sie noch auf der Herfahrt in der überfüllten Straßenbahn wieder bewegt hatten.

»Willst du mich nicht eintreten lassen, Gerd?« fragte sie.

»Doch – aber sicher«, stotterte er und gab den Weg in die Diele frei, führte seine Mutter ins Wohnzimmer.

»Monika – sie macht gerade das Kind fertig, weißt du. Aber ich rufe sie gleich, ja?«

»Schön habt ihr es hier«, sagte seine Mutter und sah sich langsam um. »Sehr geschmackvoll seid ihr eingerichtet. Nur ein, zwei hübsche Bilder fehlen an den Wänden, die sind noch ein bißchen kahl, findest du nicht?«

»Willst du nicht den Mantel ablegen, und darf ich dir etwas zu trinken anbieten?« Gerds Hände öffneten und schlossen sich unkontrolliert.

Seine Mutter zog den Mantel aus. Gerd lief nach draußen und hängte ihn an die Garderobe.

»Wo ist Monika?« fragte Martha, die ihm in den Flur gefolgt war.

»Bitte, Mutter, warte. Ich möchte ihr erst sagen, daß du hier bist.«

»Aber warum denn, ich gehöre doch zur Familie, oder nicht?«

»Ja schon, aber trotzdem – bitte, Mutter.«

»Also gut.« Mit einemmal klang ihre Stimme gar nicht mehr sicher, fast bitter fügte sie hinzu: »Melde mich bei deiner Frau an.«

Martha drehte sich um und kehrte ins Wohnzimmer zurück.

Monika war im Bad. Vor ihr auf der Wickelkommode lag das Baby. Sie frottierte es vorsichtig und doch kräftig.

»Haben wir Besuch?« fragte sie, ohne sich umzuwenden.

»Ja«, erwiderte Gerd. Er schloß die Tür hinter sich.

»Wer ist es denn?«

»Meine –«, Gerd schluckte hörbar, »meine Mutter.«

»Was?« Monika fuhr herum.

»Sie – sie will dir zu dem Baby gratulieren.« Gerd hörte selbst, wie flach und banal das klang.

»Ich will sie nicht sehen«, sagte Monika. Sie warf den Kopf in den Nacken, daß ihre blonden Haare flogen. »Sie hat hier nichts zu suchen.«

»Monika«, bat Gerd, »bitte – es ist meine Mutter.«

»Das ist mir egal.«

Das Kind begann zu weinen, als sei es erschrocken durch die lauten Stimmen.

»Siehst du, jetzt heult Susanne«, funkelte Monika Gerd an. »Und du bist schuld!« Sie nahm das Kind auf den Arm und wiegte es hin und her.

»Soll ich meine Mutter wirklich fortschicken?« fragte Gerd mit trockener Stimme.

»Mach, was du willst«, erwiderte Monika kalt. »Ich will sie auf keinen Fall sehen.«

9

Monika hielt das Kind fest an sich gepreßt. Sie funkelte Gerd an. »Sag deiner Mutter...«, weiter kam sie nicht.

Die Tür des Badezimmers öffnete sich, und Martha Köhler trat ein.

»Guten Tag, Monika«, sagte sie ruhig.

Monika starrte sie nur an.

»Ich möchte dich nicht stören«, fuhr Martha Köhler fort, »du hast sicherlich viel mit deinem Baby zu tun. Ich wollte dir – ich wollte euch nur eine kleine Freude machen.«

Sie öffnete ihre Handtasche, zog die Geschenke hervor. Sah sich suchend um und legte die Päckchen dann auf den Rand des Waschbeckens.

»Ich wollte dich auch um Verzeihung bitten, Monika«, fügte Martha hinzu. Selbst Gerd konnte nur ahnen, was sie diese Ruhe, mit der sie sprach, kostete. »Ich wäre sehr froh, wenn du wirklich meine Tochter sein wolltest.«

»Sie – Sie kommen zu mir und bitten mich darum?«

»Ja. Warum nicht?« fragte Martha. »Ich habe mein Unrecht eingesehen, und daher möchte ich es gutmachen.«

»Aber ich – wir... Ich kann doch nicht...«

»Du brauchst gar nichts zu sagen, mein Kind. Vielleicht wirst du mich später einmal besuchen, und dann können wir darüber sprechen. Ich verstehe doch, daß du jetzt überrascht bist«, Martha lächelte flüchtig, »vielleicht bin ich es selbst – über mich.«

Sie wandte sich wieder zur Tür. »Bringst du mich hinaus, Gerd?«

»Bitte«, sagte Monika in diesem Augenblick, »Sie können jetzt nicht wieder gehen, nicht so – da, halt mal.« Sie gab Gerd das Baby in den Arm.

Monika faßte impulsiv nach Marthas Hand. »Bitte, bleiben Sie noch. Ich freue mich ja doch, daß Sie gekommen sind.«

Gerd blickte hilflos von einem zum anderen. Er verstand das alles nicht – er verstand diese Frauen nicht, die kaum eine Viertelstunde später sich gemeinsam um das Baby kümmerten, über Milupa-Kost und Möhrensaft und Strampelhöschen diskutierten.

Er kam sich höchst überflüssig vor, und er glaubte seinen Ohren nicht trauen zu dürfen, als seine Mutter sagte: »Monika, ich glaube, es wird wirklich Zeit, daß du mich Mutter nennst und dieses alberne Sie aufgibst.«

Das Weihnachtsfest wurde für sie alle zu einem Fest des Friedens und der Versöhnung.

Unter dem strahlenden Lichterbaum im Haus der Jacobis waren sie versammelt, Monika und Gerd, Irmgard und Herbert, Martin und auch Martha Köhler.

Sie lächelten einander zu, waren höflich, rücksichtsvoll, herzlich und voll des guten Willens.

Keiner von ihnen wußte, daß dieses Fest sie zum ersten, aber auch zum letzten Mal in Harmonie vereinen sollte.

Keiner von ihnen ahnte, was das Schicksal für sie bereithielt, wie grundlegend und vollkommen sich ihrer aller Leben in den nächsten Wochen entscheiden und verändern sollte.

Es begann schon eine knappe Woche später – am Silvesterabend.

»Du willst doch nicht etwa dieses Kleid heute abend tragen?« fragte Gerd. Er legte die Packung Papierservietten, die er noch schnell besorgt hatte, aus der Hand und trat hinter Monika vor den großen Spiegel der Frisiertoilette.

»Man kann ja sehen, daß du darunter nichts trägst«, sagte er, und seine Wangen röteten sich.

»Na und?« Monika zuckte die Schultern.

»Woher hast du es überhaupt?«

Es war ein hautenges schwarzes Kleid mit einem Rückenausschnitt bis zur Taille.

»Gekauft«, sagte Monika. »Von dem Geld gekauft, das Pappi mir zu Weihnachten geschenkt hat.«

»Bitte, zieh etwas anderes an«, bat Gerd, »das Rosane mit dem weiten Rock, oder – na ja, irgend etwas anderes!«

»Das fällt mir überhaupt nicht ein.« Monika legte den Tuschpinsel aus der Hand, mit dem sie die Winkel ihrer Augen nachgezogen hatte.

»Hörst du nicht, daß es klingelt?« fragte sie. »Das sind die ersten Gäste!«

Sie stakste mit hellem Geklapper ihrer hohen goldenen Sandalen hinaus.

Gleich darauf hörte Gerd sie lachen, sich für etwas bedanken und eine andere nervös-aufgeregte Mädchenstimme antworten.

Gerd ging zum Schrank und nahm ein frisches weißes Hemd heraus. Er zog sich um.

Er war gegen diese Silvesterparty gewesen. Er hatte diese erste Jahreswende mit Monika allein verbringen wollen. Aber wie so oft hatte er dann doch ihrem Wunsch nachgegeben.

»Ich will eine Party feiern, eine richtige, große Party!« hatte Monika gesagt.

Gerd ging ins Bad. Er wusch sich gerade die Hände, als Martin eintrat.

»Na, du machst aber gar kein glückliches Gesicht.« Er nickte Gerd im Spiegel zu.

»Mir hängt die Party jetzt schon zum Hals heraus«, gab Gerd zurück. »Hast du gesehen, was deine Schwester für ein Kleid trägt?«

»Wenn dir nicht gefällt, was sie anzieht, solltest du dich mehr darum kümmern«, antwortete Martin.

Gerd fuhr herum. »Um was soll ich mich denn noch alles kümmern? Um das Baby, um den Haushalt, um meine Arbeit, und jetzt auch noch um die Kleider von Monika?«

»Reg dich doch nicht auf«, sagte Martin, »laß ihr den Spaß, sich als Vamp zu verkleiden. Sie wird es schon bald überkriegen. Gib mir lieber was zu trinken.«

Die beiden jungen Männer gingen in die Küche.

Da wartete ein Kasten Bier auf die männlichen Gäste. Im Eisschrank lagen sogar zwei Flaschen Wodka, und Gerd hatte für die Mädchen eine Bowle angesetzt.

Er probierte mit Martin alle Getränke durch, danach fühlte er sich schon besser.

»Weißt du«, Gerd beugte sich zu Martin vor, »Monika hat mir ja schon immer vorgeworfen, ich sei ein Spießer. Vielleicht stimmt das sogar?«

Martin erwiderte nichts darauf. Sagte: »Laß uns mal zu den anderen gehen.«

Bisher waren nur Margret und Jo erschienen, der von dem Gebrauch machte, was er seinen persönlichen Charme nannte. Die Mädchen kicherten und lachten, wenn auch etwas verlegen, da diese Späße sehr gewagt waren.

»Na, alter Junge!« rief Jo. »Wie fühlt man sich so als Papa?«

»Prima«, sagte Gerd, »nimm dir doch ein Beispiel daran.«

Monika trug eine Orchidee am Ausschnitt ihres Kleides.

»Ist das nicht süß von Jo? Er hat sie mir geschenkt. Er sagt, in Amerika sei das ganz selbstverständlich, daß man einem Mädchen eine Orchidee schenkt.«

»Nur der Dame seines Herzens«, grinste Jo, »nur der Auserwählten.« Seine Augen liefen flink über Monikas Gestalt, über die langen schlanken Beine, die noch immer einen letzten leichten Anflug von Sommerbräune trugen, über die schmalen und doch runden Hüften unter dem dünnen Stoff ihres Kleides.

»Kinder, laßt uns tanzen«, verlangte Margret. Sie drehte an den Knöpfen des Radios, bis ein Cha-Cha-Cha erklang.

Dann kamen die anderen, noch zwei Mädchen aus Monikas Klasse, die pummelige Helma und Petra, die einen Goldlamé-Anzug trug und mit einer langen Zigarettenspitze herumfuchtelte, die gar nicht in ihre kindlichen Hände passen wollte.

Markus und Paul von der Hochschule kamen, obwohl sich Gerd nach jenem Einweihungsabend ihrer Wohnung vorgenommen hatte, sie nicht mehr einzuladen. Aber wie stets hatte er auch hier Monikas Wunsch nachgegeben: »Wir kennen doch keine anderen Jungens, und sie waren doch mal deine Freunde.«

Sie alle gruppierten sich um das Radio und den Plattenspieler, tranken schnell und heftig, als müßten sie beweisen, wieviel Alkohol sie vertrugen.

Sie löschten die Deckenbeleuchtung, ließen nur eine einsame Kerze auf dem Tisch blaken.

Der Rhythmus wechselte plötzlich mit einem dumpfen Trommelwirbel. Trompeten setzten ein, jagten die Melodie wie in jähem Schrei hoch und peitschten sie vorwärts.

Gerd saß auf der Couch und sah den anderen zu, wie sie tanzten.

Ihre Körper zuckten schnell und geübt vorwärts und zurück, bogen sich und streckten sich. Die Mädchen wiegten ihre Hüften, schüttelten ihre Schultern. Die jungen Männer tanzten mit starrem Oberkörper und unbeweglich-unbeteiligtem Gesicht.

»Na?« fragte Martin und warf sich neben Gerd auf die Couch. »Immer noch sauer?«

Gerd schüttelte den Kopf. Er konnte seine Augen nicht von Monika wenden.

Sie als einzige tanzte langsam, so langsam, daß es schien, als bewege sie sich kaum von der Stelle. Sie hatte ihre Arme um Jos Hals gelegt und schmiegte ihre Wange an seine Wange.

»Hier, trink noch was«, sagte Martin. Er schob Gerd ein Glas in die Hand. Dieser leerte es auf einen Zug, schüttelte sich dann angewidert.

Er starrte auf Jos Hände, die über Monikas nackten Rükken strichen.

»Sieh dir das an«, sagte Gerd, »sieh dir das bloß an.«

»Solange sie es in deinem Beisein tut, ist es doch in Ordnung«, erwiderte Martin.

»Meinst du?« fragte Gerd. »Aber sie ist ja deine Schwester. Du mußt sie ja kennen...« Er schwankte ein bißchen, als er aufstand. »Ich muß mal nach dem Baby sehen«, griente er, »seine Mutter hat ja keine Zeit dazu.«

»Ich komm mit.« Martin erhob sich. Aber Gerd drückte ihn auf die Couch zurück. »Bleib nur hier«, sagte er, »es ist ja nicht das erste Mal, daß ich meine Tochter trockenlege...«

Gerd schob Margret unwirsch zur Seite, die ihm in den Weg tanzte. Er schlug die Tür hinter sich hart ins Schloß.

Aber die anderen bemerkten es nicht, oder taten wenigstens so.

Martin ging hinüber zu Monika. Er löste ihre Arme von Jos Hals.

»Tanz mal mit mir, Schwesterlein.« Er sagte es leise, aber bestimmt.

»Was ist los?« fragte sie.

»Benimm dich anständig.«

»Ich tu' doch gar nichts.«

»Du bist schließlich verheiratet.«

»Na und? Was hab' ich denn vom Leben, wenn ich nicht mal ein bißchen flirten darf?«

»Dazu hast du deinen Gerd.«

Monikas Lippen preßten sich schmal zusammen. Ihre Augen schlossen sich zu Schlitzen.

»Du und deine Moralpredigten! Kümmere dich doch um deinen eigenen Dreck!«

»Ich habe keinen Dreck, um den ich mich kümmern müßte«, erwiderte Martin ruhig.

Monika riß sich los und stakste zur Couch.

»Komm in meine Arme«, sagte Jo, aber sie wich ihm geschickt aus.

»Sauer?« fragte er. »Hat dein Brüderlein mit dir geschimpft?«

»Laß mich in Ruhe«, fauchte sie. Ihre Augen glitzerten. Eine Strähne ihres blonden Haares hatte sich gelöst. Sie langte nach einem Glas auf dem Rauchtisch, goß es halbvoll mit Wodka. Martin nahm es ihr aus der Hand, ehe sie davon trinken konnte.

»Du gemeiner Kerl«, zischte sie, »und so was will mein Bruder sein.«

Gerds Augen mußten sich erst an das Halbdunkel gewöhnen, das im Wohnzimmer herrschte, als er zurückkam.

Ein Pärchen tanzte noch – Margret mit Martin. Die anderen hockten in den Ecken herum.

Monika lag auf der Couch. Jo saß auf dem Boden zu ihren Füßen. Seine Linke streichelte ihre Beine, während die andere die Zigarette zum Mund führte.

Und darüber hing die Musik, die in stetigem Auf und Ab von Melodie und Rhythmus aus dem Plattenspieler quoll, eine zähflüssige Masse von Musik, die kein Ende nahm.

Gerd drehte sich um und ging wieder hinaus.

Im Kinderzimmer schloß er sich ein.

Auch um zwölf, als Monika ihn suchte, um mit ihm auf das neue Jahr anzustoßen, kam er nicht heraus.

Irgendwann gegen Morgen wachte er einmal auf. Aus dem Wohnzimmer plärrte immer noch Musik. Gerd fror, ging über den Flur ins leere Schlafzimmer, holte sich eine Decke und ein Kissen. Aus der Küche drang unterdrücktes Gelächter und Gemurmel. Sonst war es still in der Wohnung.

Er würde keine Szene machen, nicht jetzt und auch morgen nicht, das nahm Gerd sich vor. Aber er würde sich rächen.

Die Gelegenheit zu seiner Rache, wie er es nannte, fand sich bald.

Er hatte noch vor Weihnachten seine Fahrprüfung bestanden, und in den ersten Tagen des Januar holte er den Wagen ab, den er sich in einem großen Autohaus in Düsseldorf ausgesucht hatte.

Es war ein roter MG – nicht mehr neu –, Gerd war der dritte Besitzer, aber der Wagen fuhr schnell und sportlich, wie er es sich wünschte. Vor allem war Gerd sehr stolz darauf, daß es sein eigener Wagen war, von selbstverdientem Geld bezahlt.

Sie würden alle Augen machen, Monika, die Jacobis, und keiner von ihnen konnte behaupten, daß er ihnen den Wagen verdankte.

Ich werde es ihnen schon zeigen, dachte er. Ich werde ihnen allen schon zeigen, wie unabhängig ich sein kann und will.

Es war ein trüber, naßkalter Januartag. Grau und tief zogen die Wolken über den Himmel. Am Abend würde es sicher wieder schneien.

Als Gerd in Köln-Deutz von der Autobahn abbog, sah er am Rande der Abfahrt ein Mädchen stehen. Sie trug einen gelben Anorak und hatte die Kapuze tief ins Gesicht gezogen.

Sie hob den Arm und winkte, als der MG vorbeischoß. Gerd blickte in den Rückspiegel. Das Mädchen lief ein paar Schritte hinter dem Wagen her.

Gerd zog den MG rechts ran und hielt.

Das Mädchen kam herein.

»Nehmen Sie mich mit in die Stadt?« fragte sie atemlos.

»Steigen Sie ein,« Gerd klinkte ihr die Tür auf.

»Wissen Sie, ich war in Hamburg bei meiner Mutter. Die war krank, und da ist mir das Geld für die Heimfahrt ausgegangen. Aber ich mußte doch zurück nach Köln, weil ich hier arbeite...«, erzählte sie.

Sie zog die Kapuze des Anoraks herunter und schüttelte ihr Haar zurecht. Sie trug es sehr lang, und es war von einem rötlichen Braun. Sie hatte die durchsichtig weiße Haut der Rothaarigen und große, braune Augen mit schweren Lidern. Sie war älter, als Gerd auf den ersten Blick geglaubt hatte.

»Es ist wirklich zu nett von Ihnen, daß Sie mich mitnehmen«, sagte das Mädchen. »Darf ich Ihnen eine Zigarette anbieten?«

Sie wartete seine Antwort nicht ab, zündete zwei Zigaretten an, hielt ihm eine herüber. Gerd sah, daß das Mundstück den Abdruck ihres Lippenstifts trug.

Es bereitete ihm ein sonderbares Vergnügen, diese Zigarette zu rauchen, obwohl er sich sonst nicht viel aus Rauchen machte.

Auf der Deutzer Brücke mußte er sich scharf auf das Fahren konzentrieren, aber er spürte die ganze Zeit, daß sie ihn ansah.

»Setzen Sie mich am Opernhaus ab, wenn es Ihnen nichts ausmacht«, bat das Mädchen.

»Gern«, erwiderte er, »das liegt auf meinem Weg.«

Er fuhr zum Opernhaus, hielt auf dem Parkplatz.

Das Licht des Armaturenbretts warf einen violetten Schimmer auf das Gesicht des Mädchens.

»Ich möchte mich gern erkenntlich dafür zeigen, daß Sie mich mitgenommen haben«, sagte sie.

»Aber das ist doch nicht der Rede wert...«

»Vielleicht deswegen nicht?« fragte sie und tippte mit spitzem Zeigefinger auf den Ehering an seiner Rechten, die auf dem Steuerrad lag.

»Ach Unsinn.«

»Vielleicht besuchen Sie mich einmal? Ich arbeite in der La Nuit Bar.«

»Vielleicht...«

Sie gab ihm die Hand, stieg aus. Beugte sich dann noch einmal in den Wagen.

»Ich heiße Eva«, sagte sie. »Auf Wiedersehen...«

Noch am gleichen Abend fuhr Gerd in die La Nuit Bar. Er hatte sich wieder einmal mit Monika gezankt – wegen des Haushaltsgeldes natürlich. Sie kam nie damit aus, und er war es satt, sich das ständige Gegreine darüber anzuhören.

Vergebens hielt er in der Bar Umschau nach dem Mädchen Eva. Der Raum war indirekt beleuchtet. Sein Kernstück bildete eine kleine runde Tanzfläche mit Glasparkett, das von unten her in wechselnden Farben erstrahlte. Ein paar Mädchen in Netzstrümpfen und winzigen Nichts von schwarzen Dessous bedienten. Ein paar Männer, allerdings älter als

Gerd, hockten an der Bar.

Um zwölf Uhr begann das Nachtprogramm.

Und da sah er Eva wieder.

Gerd saß an einem Tisch in der Nähe der Tanzfläche. Er sah jede ihrer Bewegungen, mit denen sie sich während des aufreizend langsamen Blues ihres Abendkleids und ihrer langen Handschuhe entledigte.

Nach ihrem Auftritt kam sie an seinen Tisch.

»Das ist aber eine Überraschung«, lächelte sie.

»Ich hatte noch in der Stadt zu tun, und da dachte ich...«

»Keine Ausflüchte«, sagte sie und legte ihre Hand auf seine Rechte. »Ich freue mich, daß Sie da sind, aber«, sie zögerte, und ihr Mund verzog sich spöttisch, »mich hat der Ehering nicht gestört – oder haben Sie ihn verloren?«

Gerd spürte, wie ihm das Blut ins Gesicht schoß. Er war nur froh, daß Eva es in der gedämpften Beleuchtung nicht bemerken konnte.

»Ich habe den Ring verloren«, behauptete er fest.

»Wir wollen uns nicht darüber streiten«, sagte Eva, »laß uns lieber etwas trinken.«

Sie schnippte mit den Fingern. Eines der netzstrumpfbekleideten Mädchen kam.

»Einen Gin Fizz für mich und – was möchtest du?« wandte Eva sich an Gerd.

»Einen Cognac«, sagte er flach.

»Um drei Uhr hab' ich Schluß hier. Wartest du so lange auf mich?« fragte Eva.

»Ja, ich warte«, erwiderte er.

Es war wie ein Zwang. Es trieb Gerd Abend für Abend in die La Nuit Bar. Er wartete stets, bis Eva mit ihren Auftritten zu Ende war. Und stets brachte er sie nach Hause. Vor Monika erfand er eine Ausrede nach der anderen für sein spätes Nachhausekommen und sogar eine plausible Erklärung, warum er seinen Ehering nicht mehr trug.

Aber er liebte das Mädchen Eva nicht, war nicht einmal

verliebt in sie, und es gab nie mehr zwischen ihnen als einen Gutenachtkuß.

»Was findest du eigentlich an mir?« fragte er sie einmal.

»Du bist nett«, sagte Eva, »du verlangst nichts von mir.«

»Aber wenn ich es täte?«

Eva zuckte die Achseln und sprang schnell aus seinem Wagen. »Dann wäre es aus und vorbei.«

»Das glaub' ich dir nicht.«

»Doch«, sagte sie, »du kannst dich darauf verlassen.«

Sie blieb ihm rätselhaft, auf eine andere, ungewöhnlichere Weise, als es Monika war.

Dies zog ihn an Eva an und das Bewußtsein, daß er etwas Verbotenes tat, ein Geheimnis hatte, auch wenn es ohne Konsequenzen blieb.

Was Monika an den langen Nachmittagen und den langen Abenden tat, wenn er nicht zu Hause war, kümmerte ihn kaum. Jedenfalls dachte er nicht darüber nach.

Martha Köhler hob die kleine Susanne aus dem Kinderwagen und trug sie in ihre Wohnung hinauf. Monika folgte ihr mit den Decken und dem Netz, in dem sie die vorbereiteten Flaschenmahlzeiten für das Baby verwahrte.

»Du weißt, daß ich Susanne gern verwahre«, sagte Martha, »aber findest du nicht, daß du in der letzten Zeit ein bißchen zu häufig unterwegs bist?«

»Ich suche mir doch eine Stelle, und das ist gar nicht so einfach, wenn man so wenig kann wie ich«, erwiderte Monika. Sie blieb in der Diele vor dem Spiegel stehen.

Sie klappte den Kragen ihres olivfarbenen Trenchcoats hoch und strich ihr Haar unter das violette Kopftuch zurück.

»Mußt du denn wirklich arbeiten?« fragte Martha. »Soll ich nicht einmal mit Gerd sprechen? Er muß doch genug verdienen, wenn er sich sogar einen Wagen leisten kann?«

»Das will ich nicht«, erwiderte Monika scharf, »du sollst nichts für mich erbitten. Ich werde schon allein fertig.« Sie küßte ihre Schwiegermutter schnell auf die Wange.

»Komm nicht zu spät«, bat Martha. »Ich sorge mich sonst immer so um dich.«

»Nein«, versprach Monika, »ich komme nicht sehr spät.« Sie lächelte flüchtig. »Du machst dir viel zuviel Sorgen um uns. Das haben wir gar nicht verdient.«

Monika verließ die Wohnung und lief eilig die Treppe hinunter.

Martha lauschte einen Augenblick lang kopfschüttelnd Monikas schnell verklingendem Schritt nach, dann trat sie ins Wohnzimmer und beschäftigte sich mit der kleinen Susanne. Sie liebte dieses winzige Geschöpf – das sie gehaßt hatte, bevor es geboren wurde, weil es ihr den Sohn nahm, und das nun zu ihrem neuen Lebensinhalt geworden war.

Die Auslagen der Geschäfte lockten im Widerschein der Neonreklamen. Darüber wölbte sich der violettgraue Abendhimmel, dessen Sterne hinter dunstigen Wolken ein kaum zu ahnendes, fernes Blinken waren.

Über die Fahrbahn auf dem Ring schob sich Wagen an Wagen. Monika sprang schnell zwischen zwei Autos hindurch. Der Fahrer des einen Wagens hupte schrill. Monika warf den Kopf in den Nacken.

Auf der anderen Straßenseite betrat sie das Espresso, setzte sich an einen Fenstertisch und bestellte einen Cappuccino.

Neben ihr warf ein junger Mann mit weißblondem Cäsarenschnitt zwei Groschen in den Schlitz der Musikbox und wählte eine Platte. Eine blechernhohle Stimme sprang heraus: »Ein Mädchen mit siebzehn...«

Der Weißblonde blickte Monika an, lächelte mit hochgezogenen Brauen.

Sie ließ ihr Gesicht blank, sah durch ihn hindurch.

Er wandte sich achselzuckend ab und schlenderte zur Theke zurück, wo eine Gruppe junger Leute lärmte.

Er hat gesagt, ich soll ihn anrufen. Er hat versprochen, mir eine Halbtagsstelle zu beschaffen. Wir könnten es beim Essen besprechen, hat er gesagt, an irgendeinem Abend, der Ihnen paßt. Er hieß Jochen Kramer, war der Besitzer des Modegeschäfts Patricia in der Hohe-Straße.

Monika hatte dort das schwarze Cocktailkleid mit dem tiefen Rückenausschnitt gekauft. Sie hatte Kramer durch Zufall vor ein paar Tagen am Rhein getroffen, als sie Susanne spazierenfuhr.

Sein großer, chromblitzender amerikanischer Wagen hatte draußen auf der Promenade ihretwegen gehalten, und Kramer war ausgestiegen und zu ihr herübergekommen.

Sie wußte bis jetzt noch nicht, was sie dazu gebracht hatte, ihm davon zu erzählen, daß sie eine Stelle suchte.

In einem Modesalon, das wäre schon schön, dachte Monika nun. Er hat ein tolles Geschäft, ganz in Gold und Weiß, und ich kriege bestimmt Kleider bei ihm zum halben Preis.

Sie nahm den Zettel aus ihrer Handtasche, auf den er seine Telefonnummer gekritzelt hatte.

Hinten, neben der Theke, war eine Telefonzelle. Monika stand auf und ging hinüber.

Sie wählte die Nummer. War mit einem Mal grundlos aufgeregt. Spürte ihr Herz hoch oben im Hals klopfen. Jochen Kramer. Seine Schläfen waren grau, aber sein Gesicht war noch jung, und er sah sehr gut aus.

»Kramer?«

»Hallo«, sagte sie mit trockener, spröder Stimme.

»Wer ist da? Mit wem spreche ich?« fragte er schon eine Spur ungeduldig.

»Mit mir – ich meine, mit Monika Köhler.«

Am anderen Ende war es einen Augenblick lang still.

Dann hörte sie ein leises Lachen, ein sehr weiches und sonderbares Lachen.

»Ich wollte, Sie meinten – Sie hätten vielleicht eine Stelle für mich«, sagte sie flach.

»Wo sind Sie?« fragte er. »Haben Sie heute abend Zeit?«

»Ja«, erwiderte sie, »ich bin in der Stadt in Ginos Espresso am Ring.«

»Ich hole Sie in einer Viertelstunde ab.«

»Ja.«

Dann hing sie schnell ein.

Was ist schon dabei, wenn ich mit ihm essen gehe? dachte sie. Ich will doch gar nichts Unrechtes tun. Und wer weiß, was Gerd tut, wenn er nachts so spät nach Hause kommt, wenn es schon fast Morgen ist?

Beruflich unterwegs, behauptet er, aber das war er doch vorher nie. Nicht bis in die Nacht hinein, nicht bevor meine Eltern wegfuhren.

Ich wünschte, sie wären wieder hier. Ich wünschte, ich könnte meinem Vater alles sagen. Er würde schon für Ordnung sorgen. Mein Vater würde dafür sorgen, daß Gerd nicht immer weg ist, daß er mir mehr Geld gibt, und überhaupt, daß er sich mehr um mich kümmert.

Wenn Papi hier wäre, dann brauchte ich auch nicht zu arbeiten.

Doch. Auch dann würde ich es wollen.

Ich will nicht mehr abhängig sein. Nicht von Gerd und nicht von meinen Eltern.

Ich will mein Leben in die eigene Hand nehmen.

Martin hat ganz recht: Ich bin alt genug, um erwachsen zu sein.

Auf der Toilette frischte Monika ihr Make-up auf. Dann kehrte sie an ihren Tisch am Fenster zurück.

Bald darauf glitt ein Wagen heran, ein weißes, langgestrecktes Traumauto, das schönste, das sie je gesehen hatte. Und sie kannte es, denn es gehörte Jochen Kramer.

Er blieb hinter dem Steuer sitzen, klinkte ihr nur die Tür zum Einsteigen auf.

Im Espresso starrten die jungen Männer ihnen nach, halb verkrampft, halb spöttisch: ein alter Macker, der seine Biene abschleppte.

Die Mädchen seufzten und blickten mit sehnsüchtig glänzenden Augen den glitzerndroten Schlußlichtern des Wagens nach.

In ihrem Hotelzimmer in Hamburg saß Irmgard vor dem Toilettentisch. Sie verteilte mit den Fingerspitzen Reinigungsmilch auf ihre Wangen, massierte sie ein, nahm dann ein Kleenextuch und wischte sie ab. Aus dem Spiegel blickte sie ihr Gesicht ohne Make-up nackt und müde an. Sie konnte die Fältchen um die Augen ertasten, wenn sie über ihre Lider fuhr.

Herbert lag schon im Bett. Er hielt ein aufgeschlagenes Buch in der Hand, aber er las nicht.

Irmgard konnte es genau sehen. Sie bürstete ihr Haar aus und faßte es im Nacken mit einem Band zusammen.

Dann sanken ihre Hände in den Schoß. Leere Hände, die jetzt nichts mehr zu tun hatten.

»Fahren wir morgen zurück?« fragte sie.

»Ja«, erwiderte Herbert.

»Die letzten vierzehn Tage, ich meine, die Konferenzen und die Besprechungen, waren sehr anstrengend für dich, nicht wahr?«

»Es geht.«

»Vielleicht solltest du noch ein paar Tage Urlaub machen? In die Berge fahren, zum Skilaufen?«

»Ich bin seit zwanzig Jahren nicht mehr skigelaufen«, sagte er.

»Aber du konntest es sehr gut, und was man einmal beherrscht, verlernt man niemals ganz.«

Ich rede und rede, dachte sie, und dabei weiß ich doch, daß es keinen Sinn mehr hat.

Ich hätte gar nicht mit ihm nach Hamburg fahren sollen. Welch eine Idee auch – Hamburg im Winter. Etwas Trostloseres gibt es kaum. Was hab' ich mir nur davon versprochen? Einen neuen Anfang – lächerlich! Ich bin doch kein Kind mehr, das glaubt, man könne Gefühle aus- und anknipsen wie eine Lampe.

»Herbert«, sagte sie.

»Ja?«

Sie wandte sich um.

Er hatte das Buch fortgelegt und die Arme unter dem Kopf verschränkt. Er blickte sie an. Seine Augen schienen sehr dunkel. Seine Wangen waren dünner geworden und seine Nase schärfer. Er sah älter aus, als er war.

»Fahr nach Berlin«, sagte sie, »fahr zu Carla. Ich bitte dich darum. Es hat doch keinen Zweck mehr mit uns.«

Sekundenlang war es still, sehr still.

»Das kann ich nicht«, sagte Herbert dann, »jetzt nicht mehr, nachdem...«

»Sprich nicht wieder von den Kindern«, unterbrach Irmgard ihn schnell, »und vor allem, denk nun endlich einmal an dich. Mein Gott, wie viele Jahre bleiben dir denn noch...«

»Und dir?« fragte er.

»Das ist meine Sache«, sagte sie fest.

Irmgard stand auf, trat an den Schrank, nahm ihren Frotteemantel vom Bügel.

»Ich liebe dich nicht mehr«, sagte sie. »Es ist auch bei mir vorbei. Wir sollten uns nicht länger quälen.«

»Irmgard...«

»Einmal mußte ich es dir ja sagen. Es hat keinen Sinn mehr mit uns.«

Es gelang ihr, ihn anzusehen. Es gelang ihr sogar, ihre Stimme nicht zittern zu lassen.

»Ich nehme noch ein Bad«, sagte sie, »gute Nacht.«

Im Bad drehte sie die Hähne weit auf. Das Wasser schoß dampfend in die Wanne, und sie war froh, daß sein Rauschen ihr Weinen übertönte.

Monika und Jochen Kramer saßen sich an dem weißgedeckten Tisch in einem Lokal am Rande der Stadt gegenüber. In schlanken Messingleuchtern schimmerten Kerzen. Ihr Schein brach sich in gelben, bleigefaßten Fenstern. Der Raum war erfüllt von der sanften Musik der Drei-Mann-Band auf dem kleinen Podium, dem Duft erlesener Parfums und dem satten Geruch einer sehr gepflegten Küche.

Der Ober brachte einen silbernen Eiskübel, ließ den Korken aus der Sektflasche herausploppen und goß ihnen in die hochstieligen Gläser ein.

»Auf dein Wohl, kleine Monika«, lächelte Kramer. »Und auf eine gute Zusammenarbeit.«

»Danke«, erwiderte Monika leise. »Aber ich möchte nicht, daß Sie mich duzen«, fügte sie zögernd hinzu.

Kramer lächelte sein Lächeln, das nie die Augen erreichte.

»Was ist denn so Besonderes daran? Ich duze alle meine Angestellten. Das schafft ein besseres Betriebsklima.«

»Ach so«, sagte Monika flach.

Sie fühlte sich befangen in der ungewohnt-eleganten Atmosphäre. Aber bald, schon nach den ersten Schlucken Sekt, lösten sich ihre Verlegenheit, ihr Zögern und ihre Befangenheit.

»Da wir nun schon einmal hier sind, könnten wir auch tanzen, meinst du nicht?« Kramer stand auf, reichte ihr seine Hand. Monika legte ihre hinein.

Und es kam wie bestellt: Die Band spielte: »Ein Mädchen von siebzehn...«

Sie spielten es sanft und weich, und Monika bezog es mit einem Mal nur auf sich, auf sich ganz allein.

Sie war gerade siebzehn, seit zwei Monaten. Sie war sicherlich die Jüngste hier.

Und sie tanzte zum ersten Mal mit einem Mann, nicht mit einem Jungen wie Gerd oder dessen Freunde. Sie trank Sekt, und draußen wartete ein Traumauto auf sie, das sie später nach Hause bringen würde.

Kramers Arm lag fest um ihre Taille. Sehr fest, vielleicht zu fest. Aber er war schließlich ihr Chef, oder würde es zumindest bald sein. Er war so nett zu ihr, viel netter als irgend jemand sonst.

Sie spürte die Blicke der anderen Männer auf ihren Beinen, ihrem schmalen glatten Rücken und ihrem jungen, kindlichen Gesicht.

Seht mich nur an, dachte sie, schaut mich nur richtig an. Sie war stolz auf sich, als habe sie selbst das Gold ihres Haares gesponnen und die glatten Muskeln ihrer Beine geformt.

Sie genoß mit einem Mal diesen Abend losgelöst davon, ob er ihr einen Vorteil einbrachte, und von der ursprünglichen Absicht, mit Jochen Kramer nur über ihre Anstellung in seinem Geschäft zu sprechen.

Sie trank von dem kühlen Sekt, der ihre Wangen rötete und ihr Herz schneller schlagen ließ. Sie lächelte zu den Scherzen, die Kramer machte. Sein Knie berührte ihr Bein. Sie erschrak nur ein ganz klein wenig – es reichte nicht aus, daß sie ihr Bein wegzog.

Als er dann sagte, es sei Zeit zu gehen, war sie sogar ein bißchen ärgerlich.

Im Wagen schmiegte sie sich in die Polster und schloß die Augen. War jetzt mit einem Mal müde, gähnte, bis Kramer zu lachen begann.

Monika setzte sich schnell aufrecht hin.

»Verzeihung«, sagte sie. »Ach bitte, entschuldigen Sie. Aber ich bin plötzlich so müde.«

»Du darfst ja jetzt müde sein.« Kramer beugte sich über sie. Seine Hand zog ihren Kopf zu sich heran.

In dem winzigen Augenblick, ehe er sie küßte, sah sie, daß seine Augen weit geöffnet waren und sie seltsam forschend anblickten.

10

Der Wagen hielt unter einer Laterne.

Monika öffnete die Augen, blinzelte verschlafen um sich. »Wo sind wir hier?«

»Zu Hause.« Jochen Kramer kam um den Wagen herum und öffnete ihr den Schlag.

Sie ergriff seine Hand und stieg aus. Sie sah sich um. Freistehende moderne Häuser, inmitten von Gärten, die auch in der Dunkelheit die ordnende Hand eines Gärtners erkennen ließen.

»Aber hier wohne ich doch gar nicht«, sagte sie verblüfft.

»Du nicht, aber ich.« Kramer nahm ihren Arm, klinkte eine Gartentür auf, führte sie über einen Plattenpfad.

Er schloß die Haustür auf. Bleiches, mattes Licht ergoß sich aus der flachen Glasschale unter der schwarzen Decke in die Halle. Kramer schob Monika vor sich her und schloß die Tür hinter sich.

»Aber ich, wir...« Sie wandte sich um, blickte ihn mit erschreckten Augen an.

»Was ist?« fragte Kramer. »Hast du plötzlich Angst vor mir?«

»Nein.« Monika schüttelte heftig den Kopf. »Nein, natürlich nicht...« Sie verstummte wieder, konnte ihn plötzlich nicht mehr ansehen, wandte sich halb ab, scharrte mit ihrem rechten Fuß über den gelben Teppich, der die schwarzen Steinfliesen bedeckte.

»Du kriegst noch einen Gute-Nacht-Trunk, und dann bringe ich dich nach Hause«, sagte Kramer. Er ging an ihr vorbei, durch die Halle.

Monika folgte nur zögernd. Fühlte sich jetzt nicht mehr sicher, hatte beklemmende Angst, wäre am liebsten fortgelaufen und wußte doch, sie konnte es nicht, denn sie wollte sich nicht lächerlich machen.

Schließlich würde Kramer bald ihr Chef sein, und er war doch wirklich heute abend so nett zu ihr gewesen. Er meinte es bestimmt gut mit ihr.

An diesen Gedanken klammerte sie sich, als sie in dem angrenzenden Raum auf dem Rand eines Sessels Platz nahm. Es war eine große Wohnhalle, mit offenem Kamin und schweren, seidenbespannten Polstermöbeln. Es war das schönste und eleganteste Zimmer, das Monika je gesehen hatte.

Kramer machte sich an der Hausbar zu schaffen, die in die Bücherregale eingelassen war. Monika sah, wie er einen kleinen Eisschrank öffnete, hörte das Klinkern der Eiswürfel, als er sie in ein Glas warf.

»Siehst du, das ist ein richtiger Kleinmädchendrink«, lächelte er, »ein bißchen Champagner, einen Schuß Cognac und eine Maraschino-Kirsche.« Kramer reichte ihr das flachschalige Glas, wartete, bis sie den ersten Schluck genommen hatte.

»Schmeckt es dir?«

»Ja, sehr«, sagte sie und trank folgsam ihr Glas leer.

Kramer setzte sich auf ihre Sessellehne und legte leicht seinen Arm um ihre Schultern. Mit der anderen Hand nahm er ihr das leere Glas aus der Hand.

»Du bist ein liebes, kleines Ding«, sagte er, »ein braves, kleines Mädchen.«

Sie spürte, wie sie rot wurde. Sie wagte sich nicht zu bewegen. Seine Hand streichelte ihren Arm. Sie ließ es geschehen. Aber die Angst stieg und stieg, breitete sich atembeklemmend in ihr aus.

Wäre ich nur nicht hierhergekommen, hätte ich ihn doch nicht angerufen, wäre ich niemals...

Seine Hand glitt an ihren Hals, in den Ausschnitt ihres Kleides.

Monika sprang auf.

»Ich muß nach Hause«, stammelte sie. »Ich will sofort nach Hause.«

Kramer lächelte schmal. »Aber Kindchen, warum denn auf einmal so eilig?«

Sie haßte ihn, oh, wie sie diesen Mann haßte. Sie wußte mit einem Mal klar, ganz klar, was er von ihr erwartet und gewollt hatte.

»Sie sollten sich schämen«, sagte sie mit einer hohen, gläsernscharfen Stimme. »Wenn ich das meinen Eltern erzählen würde! Und ich will gar nicht in Ihrem Geschäft arbeiten, daß Sie's nur wissen!«

Kramer erhob sich ebenfalls.

»Du scheinst betrunken zu sein«, sagte er kühl. »Es ist wirklich besser, wenn du nach Hause gehst.«

Sie lief von ihm fort durch die Halle, riß die Haustür auf. Sie rannte den Plattenpfad hinunter, quer über die Straße, lief schnell, bis sie außer Atem war und erschöpft stehenbleiben mußte.

Dann begann sie zu weinen. Unglücklich schluchzte sie vor sich hin, ließ den Tränen freien Lauf, ließ sie all das wegwaschen, was sie an diesem Abend erlebt hatte.

»Dieser gemeine Kerl«, schluchzte sie, »dieser gemeine Kerl.« Sie dachte nicht daran, die Schuld in sich selbst zu suchen, in ihrer Naivität und ihrer geschmeichelten Eitelkeit.

Martha Köhler erwartete Monika in der Wohnungstür.

»'n Abend, Mutter. Es ist ein bißchen spät geworden, aber...«

»Still«, sagte Martha, »Gerd ist da.«

»Gerd?« fragte Monika verblüfft. Aber dann fiel ihr ein, daß unten vor dem Haus ein Wagen stand. Sie hatte nur nicht darauf geachtet, daß es der MG war. »Ist er schon lange da?«

Und jetzt sah sie auch, wie ernst und gleichzeitig unglücklich das Gesicht ihrer Schwiegermutter war.

»Kind, es ist zwei Uhr«, flüsterte Martha. »Wo warst du bloß? Gerd kam um zwölf. Er war in eurer Wohnung, und da weder du noch das Baby dort war...«

»Na und?« fragte Monika laut. »Wo ist er bis um zwölf gewesen?«

»Bitte«, Martha hob hilflos die Hände, »bitte streitet euch nicht schon wieder.«

»Ich will mich ja gar nicht streiten«, sagte Monika, »aber er, du wirst es ja sehen.«

Sie trat schnell an Martha vorbei und stieß die Tür zum Wohnzimmer auf.

Gerd erhob sich langsam von der Couch.

»Wo warst du?« fragte er.

»Ich war in der Stadt«, erwiderte sie.

»Es ist fast zwei Uhr.«

»Ja und?«

»Ist das alles, was du dazu sagst – ja und?«

»Was soll ich sonst dazu sagen? Ich frage ja auch nicht, wo du gewesen bist, wenn du erst mitten in der Nacht nach Hause kommst, oder auch erst am Morgen.

»Ja, Mutter«, Monika wandte sich zu Martha um, die unter der Tür stehengeblieben war, ängstlich von einem zum anderen blickte. »Das, was ich heute abend getan habe, das tut Gerd jede Nacht, Mutter.«

»Gerd«, bat Martha, »das kann doch nicht stimmen?« Sie hob in einer fast flehenden Geste die Hände. »Mein Gott, Kinder, was ist denn nur mit euch los? Jetzt, wo alles in schönster Ordnung sein könnte, beschuldigt ihr euch gegenseitig, streitet...«

»Sag deiner Mutter wenigstens die Wahrheit«, rief Monika dazwischen. »Erzähl ihr doch wenigstens, wo du dich nächtelang herumtreibst! Geschäftlich! Pah – das glaube ich dir schon lange nicht mehr...« sie trat ein paar Schritte auf Gerd zu, reckte ihr Gesicht vor, als könne sie ihn so besser sehen. »Aber es ist mir egal, hörst du, schon lange egal. Und damit du's nur weißt: Ich kümmere mich wenigstens um das Kind. Ich habe es immer Mutter gebracht, wenn ich mal ausgegangen bin. Aber du? Du schimpfst bloß, wenn Susanne weint, das ist alles, was du kannst.«

»Das ist nicht wahr«, sagte Gerd: Blut schoß in seine blassen Wangen, rötete sie. »Ich sorge für das Kind genauso gut wie du. Wie oft hab' ich es trockengelegt und ihm die Flasche gegeben, wenn du morgens nicht aus dem Bett konntest!«

»Ich war eben zu müde«, schnappte Monika zurück.

»Zu müde...« Gerd dehnte höhnisch die Worte. »Was soll ich denn da sagen? Den ganzen Tag auf Achse, und abends krieg' ich noch nicht mal ein anständiges warmes Essen! Was denkst du dir eigentlich, wofür ich mein Geld verdiene?«

»Dein Geld...« Monika äffte seine Stimme nach. »Jeden Pfennig muß ich dir aus der Nase ziehen. Hier«, sie riß ihr Portemonnaie aus der Handtasche, öffnete es, ein paar Kupferpfennige rollten heraus, klackten auf den Boden. »Nichts als ein paar Pfennige bekomme ich von dir!«

»Du kannst ja auch nicht mit Geld umgehen. Du wirfst es ja zum Fenster heraus!«

Gerd wandte sich an seine Mutter. »Vorige Woche hat sie einen Staubsauger bestellt, auf Raten, bei einem Vertreter, der von Haus zu Haus geht. Einen Staubsauger für dreihundert Mark! Was meinst du, was das für ein Theater war, ehe die Firma die Bestellung zurücknahm? Wenn Monika nicht minderjährig wäre, hätten sie es sowieso nicht getan!«

»Kinder«, bat Martha, »hört doch endlich auf.«

»Und du hast dir den Wagen gekauft«, fauchte Monika. »Damit hat überhaupt alles angefangen! Seitdem bist du nie mehr zu Hause. Seitdem kümmerst du dich nicht mehr um mich! Niemand kümmert sich um mich...«

»Wir wollen das hier beenden«, sagte Martha entschlossen. Ihr Blick schweifte zu dem Porträt ihres Mannes, als müsse sie ihn um Verzeihung bitten für diese Szene, die sich vor seinen Augen abspielte.

»Ich dulde es nicht, daß ihr euch in einer solch unverantwortlichen Art und Weise streitet«, fuhr sie fort. »Das gilt für euch beide, für dich, Gerd, und auch für dich, Monika. Ich bin sicher, deine Eltern würden mir recht geben, wenn sie das miterleben müßten, was hier geschieht.«

»Geschlagen hat er mich schon«, schluchzte Monika. »Er hat mir eine Ohrfeige gegeben, weil die Suppe angebrannt war, gestern erst...«

»Gerd!«

Der Junge zuckte zusammen. Sein Blick irrte ab von dem zornigen Gesicht seiner Mutter, wich ihren Augen aus.

»Stimmt das, Gerd?«

»Ja – schon...«, gab er widerwillig zu. Und dann aufsässig, wieder wütend: »Aber sie hat damit angefangen. Sie hat mich zuerst geschlagen. Damals, als wir in unsere Wohnung zogen, als diese Party war. Da hat sie mich geschlagen und mir vorgeworfen, daß ich nur ihr und ihren Eltern alles zu verdanken hätte! Ja, das hat sie, und das hab' ich nie vergessen. Deswegen ist ja auch alles jetzt so mies. Mir hängt alles zum Hals heraus. Ich wünschte, ich hätte sie nie geheiratet. Ich wünschte, ich hätte ihr Alimente gezahlt – so wie du es wolltest, Mutter. Ja, du hattest recht. Ich hätte weiterstudieren sollen und mich um nichts kümmern!

»Du bist es ja nicht wert«, schrie er dann. Er faßte Monikas Arm und schüttelte sie. »Du bist es ja nicht wert, daß man einen Finger für dich krümmt. Du treibst dich herum, du...«

Ihr Gesicht war weiß, wie ausgewaschen, ohne jeden Ausdruck. Nur ihre Augen lebten, glänzten in wildem Aufbegehren.

»Ich wollte mir eine Stelle suchen«, sagte sie mit einer Stimme, die schneidend kalt war.

»Mitten in der Nacht?« höhnte Gerd.

»Heute nachmittag. Ich war mit Herrn Kramer verabredet, dem Besitzer eines Modesalons in der Hohe-Straße.«

»Ein feiner Kerl«, sagte Gerd.

»Du kennst ihn ja gar nicht.«

»Und ob ich den kenne! In der...« Gerd verstummte.

»Sag's nur, woher du ihn kennst!«

»Das geht dich nichts an«, fuhr er Monika an, grober, als er es beabsichtigte, weil er sich beinahe verraten hatte.

»Herr Kramer hat mir eine Halbtagsstellung angeboten«, fuhr Monika fort. Sie sah Martha Köhler fest an. »Ich bin mit ihm zum Essen in ein Restaurant gegangen.«

»Und da habt ihr bis jetzt gehockt? Bis nachts um zwei?«

Monika beachtete Gerds Einwurf nicht. Sie ließ keinen Blick von Martha, als wolle sie bitten: Hab du wenigstens Verständnis. Glaub du mir wenigstens, was ich erzähle.

»Wir haben gegessen und getrunken und ein bißchen getanzt. Dann hat er mich zu sich nach Hause gefahren. Ich wollte nicht unhöflich sein, als er meinte, ich solle noch auf einen Gute-Nacht-Drink mitkommen.« Monika holte tief Atem. »Dann bin ich ihm weggerannt. Ich bin davongelaufen, als er frech wurde. Ich bin den ganzen Weg bis hierher gerannt.«

»Und das sollen wir dir glauben?« fragte Gerd. »Du denkst wirklich, wir...«

»Ich glaube ihr«, unterbrach Martha ihn fest. »Und du solltest es auch tun, Gerd.«

Sie ging zu Monika, legte ihr den Arm um die Schultern und führte sie zur Couch.

»Setz dich, Kind«, sagte sie, »und sei ganz ruhig.«

Dann drehte sie sich um und sah ihren Sohn an. Diesmal konnte er ihrem Blick nicht ausweichen.

»Und wo hast du dich herumgetrieben – um bei deinen Ausdrücken zu bleiben?«

»Ich – ich war geschäftlich...«

»Du lügst«, sagte Martha kühl. »In welcher Kneipe, in welcher Bar, mit wem hast du deine Abende verbracht?«

»Sieh mal, Mutter«, begann er, »das war so. Ich habe...«

»Du hast ein anderes Mädchen kennengelernt.«

Monikas Kopf fuhr hoch.

»Es ist besser, wenn heute abend alles geklärt wird, Monika«, sagte Martha fast sanft und wandte sich dann wieder an Gerd.

»Also, ein anderes Mädchen?«

Er nickte stumm.

»Und wie weit geht das? Bekommt sie auch ein Kind von dir?«

»Mutter!«

Aber Martha wußte selbst, wie seltsam dies aus ihrem Munde geklungen hatte.

»Also?« fragte sie. »Was ist mit diesem Mädchen?«

»Nichts«, antwortete Gerd, »bestimmt nicht, Mutter. Sie arbeitet in einer Bar. Ja, und ich war jeden Abend dort. Aber sonst – sonst ist bestimmt nichts, glaub es mir.«

»Du lügst«, schluchzte Monika.

»Nein«, sagte Martha, »diesmal lügt Gerd nicht. Ich glaube ihm, wie ich dir glaube.«

Martha setzte sich in ihren Sessel unter dem Porträt. Sie faltete ihre Hände im Schoß; sekundenlang war es sehr still in diesem Raum. Nur das Knacken der warmen Heizungskörper war zu hören.

»Ihr habt beide Fehler gemacht«, sagte sie langsam, »große Fehler. Und vor allem habt ihr eines darüber vergessen – euer Kind, eure kleine Tochter Susanne.«

»Ich würde alles für sie tun«, warf Gerd schnell ein.

»Aber du hast bisher nichts für sie getan«, verwies Martha ihn hart. »Noch nicht einmal an sie gedacht hast du, wenn du abends in dieser Bar herumhocktest...«

»Und Monika?« fragte er. »Was hat sie getan?«

»Sie war keine sehr gute Mutter«, gab Martha zu, »aber sie hat sich wenigstens Mühe gegeben.«

»Mutter«, bat Monika, »ich will es – ich kann das alles nicht mehr hören.«

»Ich bin auch schon fertig, mein Kind«, sagte Martha, »ich halte nicht mehr gern Predigten, weil ich weiß, daß sie ja doch nichts nutzen. Aber, versucht beide, neu anzufangen. Versucht es gemeinsam!«

Martha stand rasch auf. »Ich mache euch Susanne fertig. Dann könnt ihr nach Hause fahren.«

Sie verließ schnell das Wohnzimmer.

»Ich will zu meiner Mutter«, schluchzte Monika. »Ich will zu meinen Eltern. Ich wünschte, sie wären schon wieder zu Hause...«

Irmgard und Herbert saßen sich am Frühstückstisch im Hotel in Hamburg gegenüber. Die Sonne malte gelbe Kringel auf das rote englische Porzellan ihrer Gedecke. Ein Kellner schenkte ihnen Kaffee ein, verbeugte sich, zog sich zurück.

»Macht es dir auch nichts aus, allein mit dem Wagen nach Hause zu fahren?« fragte Herbert.

»Natürlich nicht«, erwiderte sie, »ich freue mich sogar darauf.«

»Aber wenn wieder Schnee fällt?«

»Sieh dir den Himmel an«, lächelte Irmgard, »strahlendblau, nicht ein Wölkchen.«

»Es riecht beinahe nach Frühling«, sagte er. Es zuckte in seinem Gesicht, als wolle er ihr Lächeln erwidern, aber es gelang ihm nicht.

»Ich hätte es nie erwartet«, sagte er heiser, »ich hätte nie geglaubt, daß du so viel Verständnis haben würdest, daß du so großzügig...«

»Bitte«, unterbrach Irmgard ihn, »wir wollen doch nicht mehr davon sprechen.«

»Ja«, nickte er, »wir wollen nicht mehr davon sprechen.« Er senkte seinen Blick, sah von ihr fort, durch das Fenster, hinaus auf die Alster, die sich in der leichten Brise kräuselte.

»Grüß mir die Kinder«, bat er dann. »Martin soll...« Er verstummte.

»Was möchtest du von Martin?«

»Nichts«, sagte er. »Ich werde ihm schreiben.«

Herbert trank seinen Kaffee leer, nickte dankend, als Irmgard ihm nachgoß.

»Susanne sieht aus wie Monika, als sie klein war«, begann er wieder.

»Wir werden ein paar Aufnahmen machen und sie dir schicken«, versprach Irmgard.

Und dann sagte sie, weil sie wußte, daß sie es nicht länger ertrug: »Du mußt gehen, Herbert. Du mußt noch packen.«

»Mein Flugzeug geht erst in einer Stunde.«

»Trotzdem.« Irmgard strich flüchtig über seine Hand. »Bitte, geh.«

»Wenn du meinst...« Herbert stand langsam auf. Ergriff ihre Hand, hielt sie einen Herzschlag lang fest. Irmgard spürte es genau, länger war es nicht – einen letzten, langen, ewigen Herzschlag.

»Leb wohl, und...« Sie sprach den Rest des Satzes nicht aus. Sie hatte bitten wollen: Paß gut auf dich auf. Aber dazu hatte sie nun kein Recht mehr.

Durch die Fenster des Frühstücksraums sah sie Herbert nach einer Weile das Hotel verlassen. Er winkte ein Taxi heran.

Der Page lud seinen Koffer ein. Herbert wandte sich nicht um, blickte nicht zurück.

Irmgard kritzelte schnell ihre Unterschrift unter die Frühstücksrechnung und schritt nach draußen.

Winkte selbst ein Taxi heran, sagte: »Fahren Sie mich zum Flughafen.«

Sie hielt während der Fahrt ihren Blick starr auf den Hinterkopf des Fahrers gerichtet. Sie wollte ihr Gehirn blank lassen, wollte nicht denken, konzentrierte sich ganz auf das unregelmäßige Muster der grauen und braunen Haare dieses fremden Männerkopfes.

In Fuhlsbüttel bat sie den Chauffeur, ein Stück entlang des Zaunes zu fahren, der das Flughafengelände abgrenzte, hieß ihn halten, als sie den Startplatz der Maschine nach Berlin übersehen konnte, deren Abflug soeben über Lautsprecher bekanntgegeben wurde.

Bald darauf kam eine Gruppe von Leuten, angeführt von einer Stewardeß, schritt auf die BEA-Maschine zu.

Aber sosehr Irmgard sich anstrengte, sie konnte Herbert nicht unter den Passagieren entdecken.

Sie spürte, wie ihr die Aufregung den Atem nahm. Konnte er es sich anders überlegt haben? Würde er doch noch zurückkehren? Zu ihr? Trotz allem zu ihr?

Aber dann sah sie ihn. Allein überquerte er das Flugfeld, schritt eilig auf die Maschine zu. Bevor Herbert die Gangway hinaufstieg, nahm er seinen Hut ab. Er war zu weit entfernt, als daß sie den Ausdruck seines Gesichtes hätte erkennen können, aber sie sah die Linie seiner Wange, die Form seines Kopfes.

Herbert – es war ein lautloses Schluchzen. Herbert. Sie preßte die Hand vor den Mund, biß in den Daumenballen, bis es schmerzte.

Es dauerte nur eine Sekunde, nur eine Minute, dann war es vorüber, dann tat es schon nicht mehr weh – wenigstens schien es ihr so, und sie war dankbar dafür, auch wenn es nur eine Atempause im Schmerz des endgültigen Verlustes war.

»Fahren Sie mich bitte zu meinem Hotel zurück«, sagte Irmgard zu dem Taxifahrer, und ihre Stimme klang wie immer, ein wenig kühl und sehr selbstsicher.

»Ich habe Ihre Adresse im Kalender meiner Mutter gefunden«, sagte Monika. »Ich weiß, daß meine Mutter Ihnen vertraut. Sie hat mir einmal erzählt, daß Sie ihr im Geschäft geholfen haben, als mein Vater noch in Gefangenschaft war...«

Robert Honeck blickte Monika an, die vor seinem Schreibtisch saß, auf der Kante des Sessels, so als sei sie jeden Augenblick bereit, aufzuspringen und fortzulaufen.

»Es freut mich sehr, das zu hören«, erwiderte er, »und wie ich sehe, scheinen Sie das gleiche Vertrauen wie Ihre Frau Mutter in mich zu setzen?«

Monika nickte schnell.

»Ja, ich habe Vertrauen zu Ihnen.«

»Danke«, wiederholte Honeck. Er stand auf und kam um den Schreibtisch herum. Er blieb neben Monika stehen und blickte auf sie herab.

»Vielleicht sollten Sie mir nun sagen, warum Sie zu mir gekommen sind?«

Er hätte Monika am liebsten das Taschentuch aus der Hand genommen, das sie nervös zerknüllte, und ihr beruhigend übers Haar gestrichen. – Mein Gott, er hatte sie schon gekannt, als sie noch in die Windeln machte... Na ja, nicht ganz, er hatte sie ja nur zwei-, dreimal gesehen, wenn er Irmgard abholte und Monika noch nicht zu Bett gebracht war. Ein ewig strahlend frohes Kind, das vergnügt im Garten herumtollte und ebenso vergnügt ihrer Mutter folgte, wenn es hieß, essen, ausziehen, waschen und dann ins Bett. Von der frohen Miene war nun nicht viel übrig. Das Gesicht wirkte dünn und müde. Die Lider waren gerötet, aber das hatte sicher nicht viel zu bedeuten: Junge Mädchen weinten schnell einmal.

»Ich möchte mich scheiden lassen«, sagte Monika.

»Was?« entfuhr es Honeck verblüfft.

»Ja«, sie nickte heftig. »Mein Entschluß steht ganz fest.

Aber ich will meine Tochter behalten, die soll er nicht kriegen.«

Meine Tochter behalten! Das sagte ein Mädchen, das selbst noch so jung war, um eher die Tochter eines Mannes zu sein als seine Frau.

»Wie alt ist Ihre Tochter?« fragte Honeck.

»Fünf Wochen«, sagte Monika.

»Haben Sie über eine Scheidung schon mit Ihren Eltern gesprochen?« fragte er.

»Nein«, erwiderte Monika. »Meine Eltern sind verreist.«

»Aber Sie hätten sie doch wenigstens anrufen können?«

»Das wollte ich nicht«, sagte Monika. »Sie haben genug Ärger mit uns gehabt.«

»Ach so«, meinte Honeck und hörte selbst, wie banal das klang.

»Und warum sind Sie nun zu mir gekommen?«

»Wenn man sich scheiden läßt, braucht man doch einen Anwalt, und da dachte ich –«

Honeck schüttelte impulsiv verneinend den Kopf.

»Bitte, Sie müssen mich vertreten«, bat Monika. »Und ich habe auch Geld, ich kann es bezahlen...«

»Darum geht es doch gar nicht«, sagte Honeck. Er beherrschte sich, aber es fiel ihm wirklich schwer, nicht laut herauszulachen.

Da kam dieses Kind daher und verlangte, daß er als ihr Anwalt fungierte.

Monika sprang auf. »Wenn Sie mich nicht vertreten wollen, dann suche ich mir eben einen anderen Anwalt.«

»Warten Sie.« Honeck griff nach ihrem Arm, aber sie schüttelte seine Hand ab.

»Sie nehmen mich ja gar nicht ernst«, sagte sie mit schmalen Lippen. »Sie denken, ich wäre bloß ein dummes – ein dummes Kind. Aber das bin ich nicht! Ich weiß, was ich will!« Sie funkelte ihn mit ihren großen Augen an.

»Ich werde mich scheiden lassen, und wenn Sie mich nicht vertreten, dann...«

»Aber ich will Sie ja vertreten«, lenkte Honeck ein, »bitte, beruhigen Sie sich doch. Bitte –« Er drückte sie in den Sessel zurück. »Wir wollen doch ganz in Ruhe miteinander sprechen.«

»Es tut mir leid«, sagte Monika leise, »ich hätte mich nicht so gehenlassen sollen.«

»Es macht nichts«, entgegnete er, »ist schon vergessen.«

Er konnte sich kein Bild von ihr machen, er verstand dieses junge Ding nicht, das sich benahm wie ein Kind und eine Sekunde später die Höflichkeitsfloskeln eines Erwachsenen gebrauchte, um sich zu entschuldigen.

Aber er wollte sie jetzt ernst nehmen, um Irmgards willen, und um zu vermeiden, daß sie zu einem anderen Anwalt ging. Denn das konnte unliebsames Aufsehen erregen, die Jacobis waren nicht gerade unbekannte Leute. Vor allem war er Irmgard verbunden, wenn auch in einer selten genutzten Freundschaft.

»Beginnen wir damit, wann haben Sie geheiratet?« fragte er betont geschäftsmäßig.

»Vor sechs Monaten.«

»Was ist Ihr Mann von Beruf?«

»Vertreter bei meinem Vater.«

»Sie haben bisher zusammen gelebt?«

»Ja.«

»Was werfen Sie Ihrem Mann vor?«

»Er – er hat mich vernachlässigt.«

»Ja?«

»Er – er hat mich geschlagen.«

»Ja?«

»Genügt das nicht?« fragte Monika.

»Doch«, erwiderte Honeck. »Natürlich.«

»Was geschieht jetzt?« fragte sie.

»Sie bekommen Nachricht von mir. In etwa acht Tagen ...«

»So lange dauert das? Wie lange dauert es denn, bis ich geschieden werde?« Monika starrte den Anwalt verblüfft an.

»Das hängt ganz von den Umständen ab«, antwortete Honeck. »In etwa acht Tagen rufe ich Sie an, und dann werde ich Ihnen alles im einzelnen erklären, ja?«

Monika nickte –

Wie ein folgsames Kind, dachte Honeck.

Er geleitete sie zur Tür.

»Auf Wiedersehen«, sagte sie schüchtern.

Er behielt ihre Hand einen Augenblick lang in seiner. »Wenn Sie es sich aber anders überlegen sollten, dann rufen Sie mich nur an, ja?«

Monika schüttelte stumm, wild den Kopf, drehte sich um und lief den Flur entlang.

Honeck kehrte zu seinem Schreibtisch zurück.

Er suchte im Telefonbuch die Nummer der Vinca-Kosmetik heraus.

Von Herberts Sekretärin erfuhr er, daß die Jacobis jeden Tag zurückerwartet wurden.

Honeck bat, ihn dann sofort anzurufen.

Die Sekretärin versprach es.

Monika stand wartend neben dem Taxi, die kleine Susanne im Arm, und beaufsichtigte den Chauffeur, der ihre Koffer aus dem Haus in der Dorotheenstraße trug.

»Aber Monika, was machst du denn?« fragte Martha Köhler, die sie gerade besuchen wollte. »Kind, ist wieder etwas passiert?«

»Nein, ich fahre nur nach Hause zurück – zu meinen Eltern«, erwiderte Monika leise.

»War das alles?« fragte der Chauffeur und wies auf die drei Gepäckstücke, die er im Wagen verstaut hatte.

»Ja.« Monika nickte.

»Den Kinderwagen klappen wir zusammen und legen ihn auf den Rücksitz«, sagte der Mann.

Martha zog Monika ein wenig zur Seite. »Kind, du willst doch nicht sagen, daß du ausziehst? Es war doch alles wieder in Ordnung mit euch beiden, ich meine, nach jenem Abend?«

»Nein«, sagte Monika, »wir haben uns wieder gestritten.

Weißt du, wir zanken uns nur noch.« Plötzlich schimmerten ihre Augen naß. Sie wandte sich schnell ab und stieg in den wartenden Wagen.

»Kind, du kannst doch nicht...« Martha beugte sich zu ihr herein.

»Frag Gerd, er wird dir das gleiche sagen.« Und zu dem Fahrer gewandt, schluchzend: »Bitte, fahren Sie.«

»Die alte Dame kommt nicht mit?« fragte der Chauffeur.

»Fahren Sie nur«, sagte Martha und trat von dem Wagen zurück. Sie wandte sich um und schritt ins Haus.

Sie besaß den Schlüssel zur Wohnung.

In der Diele hing sie ihren Mantel auf, stellte den Schirm in den Ständer.

Martha strich ihr Haar vor dem Spiegel glatt, mit einer automatischen Geste, wie man sie auch in den Augenblicken völliger Ratlosigkeit beherrscht.

Sie betrat das Kinderzimmer.

Das Bettzeug aus dem weißlackierten Gitterbettchen fehlte. Auch die Puder- und Cremedosen auf der Wickelkommode, der Stapel frischer Windeln – natürlich, was hatte sie denn anderes erwartet?

Aber das leere, verlassene Kinderzimmer bedrückte sie mehr als diese Begegnung mit Monika, als deren fremdes, weißes, entschlossenes Gesicht.

Martha ging hinüber ins Wohnzimmer, blickte auf die Uhr auf der Anrichte. Fünf vorbei. Gerd mußte bald kommen.

Vielleicht sollte sie ihm etwas zu essen machen?

Im Eisschrank lag ein Kotelett, dessen Fett gelblich angelaufen war – es mußte schon Tage alt sein. Im Gemüsefach fand sie einen Kopf Salat, daneben ein paar Kartoffeln – natürlich unbrauchbar. Wer legte auch schon Kartoffeln in den Eisschrank?

Martha machte sich zu schaffen, machte sich absichtlich Arbeit, bereitete ein Abendessen für Gerd vor von dem wenigen, was sie in der Küche fand.

Gegen sieben Uhr kam er.

»Mutter, du hier?« fragte er verblüfft. Und dann: »Wo ist Monika? Und Susanne?«

»Zieh erst mal deinen Mantel aus, und dann iß zu Abend. Ich erzähle dir schon alles«, sagte seine Mutter ungerührt.

»Sind sie fort?« fragte er.

»Ja, ich habe das zwar auch nicht erwartet, als ich hierher kam. Ich habe Monika noch gesehen, aber ich konnte es nicht mehr ändern.«

»Du wolltest es nicht, meinst du wohl?«

»Gerd, was soll das heißen?« Martha band sich langsam die Schürze ab, hängte sie, ordentlich wie sie war, an den Haken neben dem Herd. Dann trat sie zum Tisch, setzte sich auf einen der bunten Hocker.

»Du warst doch immer gegen Monika«, sagte er. »Du hast sie doch von Anfang an nicht gewollt.«

»Ich habe sie im Anfang nicht gewollt«, gab Martha zu, »das stimmt. Aber als das Kind einmal da war – und überhaupt...«

»Du hättest sie zurückhalten können, wenn du gewollt hättest!«

»Warum?« fragte sie. »Warum eigentlich?« Sie sah ihren Sohn an. »Damit ihr euch weiterstreiten könnt?«

Ihre Stimme hob sich. »Ich will dir mal etwas sagen. Langsam habe ich genug von euch beiden, wirklich, sattauf genug! Es tut mir leid, daß meine anfänglichen Befürchtungen berechtigt waren. Aber daran ist ja wohl jetzt nichts mehr zu ändern. Monika hat wahrscheinlich das einzige vernünftige getan, indem sie nach Hause zurückgekehrt ist!«

Gerd verließ die Küche.

Martha saß ganz still. Sie hörte, wie er mit harten Schritten über die Diele ging. Dann klappte eine Tür, nach einer Weile kam er zurück.

»Da«, sagte er und warf ein Blatt Papier auf den Tisch.

»Jetzt ist ja alles in Ordnung. Lies nur. Sie läßt sich scheiden.«

»Wenn diese Aufsässigkeit, oder was immer es sonst ist, deine einzige Reaktion darauf ist, dann hat Monika recht mit dem, was sie tut.« Martha las den Brief nicht. Sie stand auf. Sie ging in die Diele. Vor dem Spiegel setzte sie ihren Hut auf, zog ihren Mantel an, die Handschuhe, nahm den Schirm aus dem Ständer. Ohne ein weiteres Wort verließ sie die Wohnung.

Herbert Jacobi verließ das Flughafengebäude Tempelhof. Er schritt schnell zu dem Taxistand hinüber. Es war sehr kalt, und es hatte wieder zu schneien angefangen. In schräggewebtem Muster trieb der Wind den Schnee vor sich her. Die Männer bei den Taxis trampelten auf der Stelle, schlugen die Arme übereinander, um sich gegen die Kälte zu wehren.

Herbert spürte nichts von dieser Kälte, war erfüllt von einer hellen Wärme des Glücks.

Vergessen waren die Zweifel, vergessen die Gewissensbisse, die Skrupel, all das, was ihn während des Fluges noch gepeinigt hatte.

Er wußte nur: Er war auf dem Weg zu Carla. Diesmal für immer. Diesmal, um nie mehr von ihr zu gehen, um nie mehr ihr »Bitte, bitte geh jetzt« zu hören, wenn es Zeit für ihn wurde, sie zu verlassen – oben in ihrem Appartement, nach den kurzen gestohlenen Stunden seines Glücks.

Diesmal war es für immer.

Er verdankte es Irmgard.

Das vergaß er nicht. Das würde er nie vergessen.

»Zur Dehmelstraße bitte«, sagte er dem Taxifahrer.

Er stieg in den Wagen. Lehnte sich zurück. Schloß einen Moment lang die Augen.

Er spürte, wie sich sein Gesicht entspannte, wie die Muskeln seiner Wangen fast schlaff wurden unter der Welle der Erleichterung, die ihn ergriff.

»Wie weit ist es bis zur Dehmelstraße?«

»Knappe Viertelstunde«, sagte der Fahrer.

Knappe fünfzehn Minuten, ein Nichts von Zeit, das ihn

noch von ihr trennte, und doch eine Ewigkeit –

Sie fuhren über den Kurfürstendamm. Trübe blakten die Straßenlaternen, die Neonschriften der Kaufhäuser, die Reklameplakate der Kinos durch den Vorhang aus Schnee.

Noch sechs Minuten.

Noch fünf.

Herbert zählte die Sekunden.

Noch vier Minuten.

Carla, dachte er, Carla.

Er sah ihr Gesicht, den blassen Mund, die geschwungenen Brauen über ihren dunklen Augen, über diesen dunklen, großen, nie ganz zu enträtselnden Augen, die sich weiten würden, bis nichts mehr zählte als das, was er in ihnen fand – die Liebe, seine letzte, große, einzige Liebe.

Carla, dachte er, hörte das Ratschen der Bremsen, das kreischende Reißen von Metall, spürte den Stoß, der ihn nach vorne warf – und dann nichts mehr.

11

Das Taxi war auf einen parkenden Lastwagen geprallt. Der Chauffeur war herausgeschleudert worden, in einen Schneehaufen am Bordstein. Er richtete sich stöhnend auf, hielt sich den Kopf. Blut rann über seine Hände.

Leute liefen herbei. Ein paar Männer, ein paar Frauen. Ein Kind drängte sich durch, starrte entsetzt und gebannt auf den Verletzten, lief dann schreiend davon.

»Mein Kopf«, stöhnte der Taxifahrer.

Ein Mann kniete neben ihm nieder.

»Ich bin Arzt, zeigen Sie mal her.«

Seine Hände tasteten geübt über den Kopf des Verletzten.

»Halb so wild, nur eine Platzwunde.«

Der Arzt prüfte auch das Bein, das seltsam verrenkt im

Schnee steckte, als gehöre es nicht mehr zu dem Mann.

»Einen Krankenwagen«, sagte eine Frau, »man muß einen Krankenwagen rufen.«

»Ist schon geschehen«, erwiderte eine andere neben ihr. »Die kommen sofort.«

Der Fahrer des LKW drängte sich zu dem Verletzten durch.

»Sie Schwein«, schimpfte der Taxichauffeur, »unbeleuchtet zu parken, Sie hundsgemeiner...«

Der Arzt hielt ihn zurück. »Hatten Sie jemand im Wagen?«

»Wie – was?« fragte der Chauffeur.

»Einen Fahrgast?«

»Ja, um Gottes willen!«

Der Arzt richtete sich auf.

Er drängte sich durch die Neugierigen, die ihm nur widerwillig Platz machten.

Der Kühler des Taxis hatte sich am Heck des Lastwagens plattgedrückt, hing halb darunter.

Ein Scheinwerfer brannte noch. In seinem Widerschein erblickte der Arzt das zurückgeworfene Gesicht des Mannes im Fond, sah die dünne Blutspur, die aus seinem Mundwinkel rann.

Der Arzt versuchte, die Tür zu öffnen.

Das Schloß klemmte. Aber dann ging die Tür doch mit einem Ruck auf.

Der Mann fiel ihm entgegen.

Der Arzt bettete ihn vorsichtig zurück. Er öffnete den Mantel und das Jackett.

Er tastete nichts, spürte nicht den leisesten Schlag des Herzens.

Wenige Minuten später kam die Polizei mit gellendem Horn und flackerndem Blaulicht.

»Ich hab' wirklich nicht unbeleuchtet geparkt, wirklich nicht...«, jammerte der Fahrer des Lastwagens. »Das Licht muß kaputtgegangen sein... Dabei war ich nur ganz kurz hier drinnen.« Er wies auf die dunkle Fassade eines Mietshauses.

Der Krankenwagen kam.

Der Taxifahrer wurde auf eine Bahre gelegt.

»Der Fahrgast ist tot«, berichtete der Arzt einem der Polizisten, die den Unfall untersuchten.

»Tot?« fragte dieser erstaunt. »Aber dem Fahrer ist doch so jut wie nischt passiert?«

»Genick gebrochen«, sagte der Arzt. »Kommt selten vor, aber immerhin...«

»Sie ham allet mit anjesehen?« fragte der Polizist.

Der Arzt nickte.

»Hat der Tote Papiere?«

»In seinem Jackett wahrscheinlich«, sagte der Arzt.

Der Polizist ging zum Taxi, beugte sich hinein.

Im Schein der Innenbeleuchtung öffnete er die Brieftasche, die er aus dem Jackett des Toten genommen hatte.

»Herbert Jacobi« notierte er in seinen Meldungsblock, geboren... wohnhaft... Beruf... und mit großen dicken Ziffern die Nummer des Personalausweises.

Dann kehrte er zu dem Arzt zurück.

»Na, denn möcht' ich mal Ihre Personalien aufschreiben«, sagte er.

Der Unfall wurde aufgenommen und registriert.

Von der nächsten Polizeiwache aus benachrichtigte man die Angehörigen.

Weder unter der Privatnummer noch unter der Geschäftsnummer von Herbert Jacobi in Köln erhielt man eine Antwort.

Und so erfuhr Carla als erste davon.

Herbert tot – sie konnte es nicht glauben.

»Ja«, sagte sie in die Muschel des Telefonhörers. »Ich werde kommen und ihn identifizieren. Ja, ich werde auch seine Angehörigen benachrichtigen.»

Herbert tot.

Tot.

Nur ein paar hundert Meter von ihr entfernt. Auf dem Weg

zu ihr mußte er gewesen sein. Auf dem Weg zu ihr war es geschehen.

Und jetzt?

Aus.

Vorbei.

Herbert – flüsterte sie.

Herbert? Sie legte den Telefonhörer auf. Saß da, unfähig, sich zu rühren.

Das Licht der Stehlampe erschien ihr plötzlich zu grell.

Sie schaltete es aus.

Herbert.

Er ist tot, das war alles, was sie zu denken vermochte.

»Carla?« fragte ihre Mutter.

Sie hob den Kopf und sah die zierliche, gebeugte Gestalt ihrer Mutter im hellen Türgeviert stehen.

»Carla, warum sitzt du im Dunkeln? Und was war das für ein Anruf?«

Sie versuchte zu antworten, sie zwang ihre Zunge, sich zu bewegen.

»Herbert – ist – tot.«

»Carla…«

»Ja, Mutter.«

»War das der Anruf?«

»Ja. Die Polizei.«

»Aber seine Angehörigen?«

»Sie haben sie nicht erreicht. Meine Telefonnummer stand direkt darunter, und sie haben gedacht, weil ich doch hier in Berlin wohne… Und er war auf dem Weg zu mir, verstehst du? Herbert wollte zu mir. Es ist… ganz in der Nähe, verstehst du… ganz in der Nähe ist es passiert.«

»Wein nur, Kind«, sagte ihre Mutter, »wein nur.« Sie strich ihr über die Schulter.

»Herbert…«, flüsterte Carla, »und er wollte zu mir.«

Nun mußte sie zu ihm gehen. Er konnte nicht mehr zu ihr kommen.

Sie mußte zu ihm gehen, das war das einzige, was sie wußte.

»Soll ich dich begleiten?« fragte ihre Mutter, als das Taxi vor dem Krankenhaus, in das man Herbert gebracht hatte, hielt.

Carla schüttelte stumm den Kopf.

Sie stieg aus, schritt auf das dunkle Gebäude zu, verschwand in dem hellen Eingang.

Sie gab ihre Personalien an; man führte sie über einen langen, langen Flur, öffnete ihr eine Tür.

»Er ist es«, sagte sie, noch ehe sie in sein Gesicht schauen konnte. »Bitte, lassen Sie uns allein.«

Carla trat an die Bahre vor. Eine fremde Hand hatte das Laken zurückgeschoben.

Eine fremde Stimme fragte etwas, das Carla nicht verstand, und sie sagte noch einmal: »Er ist es.«

Die fremde Hand ließ das Laken los, kroch zurück in unendliches Dunkel, wie ihr schien, und sie war mit ihm allein.

Mit seinem Gesicht.

Mit diesem geliebten, nie vergessenen Gesicht.

Sie hob die Hand und legte sie auf die Lippen, auf die Wangen, auf die Lider, strich über das Haar.

Schon einmal hatte sie sein Gesicht so gesehen, so ruhig, so entspannt, in ihren Armen, in jener letzten Nacht in ihren Armen – sein Gesicht.

»Herbert«, flüsterte sie und hoffte, er würde sie hören. »Herbert, lieber Herbert.«

Irmgard erreichte Köln in dieser Nacht gegen ein Uhr.

Sie fuhr den Wagen in die Garage, ging müde und erschöpft von der langen Fahrt zum Haus hoch.

War zu müde, um auch nur die Koffer mitzunehmen.

Die Haustür war nicht abgeschlossen, nur eingeklinkt. Schon das verwunderte sie, bevor sie noch Licht machte.

Aber nun sah sie den Kinderwagen in der Diele stehen. Und an der Garderobe hing Monikas Kamelhaarmantel.

Irmgards erster Impuls war, sich umzudrehen und wieder hinauszugehen, sich in den Wagen zu setzen und wieder fortzufahren. Aber wohin?

Mein Gott, ich bin nicht in der Stimmung, mich jetzt auch noch um Monika zu kümmern. Ganz gewiß nicht.

Sie knipste das Licht aus, tastete sich im Dunkeln ins Wohnzimmer.

Sie warf ihren Mantel über einen Sessel, schleuderte ihre Pumps von den Füßen.

Sie zündete sich eine Zigarette an, ging zum Barschrank, goß sich einen Cognac ein.

Sie trank hastig den ersten Schluck, hustete unterdrückt. Doch dann breitete sich wohlige Wärme in ihrem Magen aus. Irmgard nahm noch einen Schluck, setzte sich in einen Sessel.

»Hallo, ist da jemand?« hörte sie in diesem Augenblick Monikas ängstliche Stimme aus dem Treppenhaus, und zögernde Schritte, die die Treppe herunterkamen.

Seufzend stand Irmgard auf, schaltete die Stehlampe ein, ging hinaus.

»Mammi, du? Ihr seid zurück? Ja, warum weckt ihr mich denn nicht?«

Monika flog die Treppe hinunter in ihre Arme.

»Ach Mammi, es ist ja so furchtbar! Mammi, ich lasse mich scheiden! Wo ist denn Pappi! Ach, ich bin ja so froh, daß ihr wieder da seid!«

»Nicht alles auf einmal«, sagte Irmgard. Sie schob Monika von sich. »Komm zu mir ins Wohnzimmer.«

»Ist Vater nicht mit zurückgekommen?« fragte Monika überrascht. Sie hockte sich auf die Couch, zog ihre Beine hoch, streifte das Nachthemd darüber.

Es war doch schwerer, als Irmgard geglaubt hatte. Es war viel schwerer –

»Dein Vater kommt vorläufig nicht nach Hause«, sagte sie und hörte selbst, wie heiser ihre Stimme klang.

»Wieso?« fragte Monika verblüfft. »Habt ihr euch gestritten!«

»Nein.« Es gelang Irmgard sogar zu lächeln. »Du weißt doch, daß dein Vater und ich uns nie gestritten haben.«

»Och«, machte Monika, »das glaub' ich nicht. Ihr habt es immer bloß so gemacht, daß wir nichts davon gemerkt haben.«

Ihre Mutter antwortete nicht. Sie schien in Gedanken weit weg zu sein. Monika bemerkte verwundert, daß Irmgard schon wieder nach einer frischen Zigarette griff.

»Mammi, ist etwas passiert?« fragte sie unsicher.

»Eigentlich nicht«, sagte Irmgard. »Aber dein Vater und ich... Wir...«

»Was denn? Nun sag doch schon!«

»Wir haben uns getrennt.«

»Getrennt?« wiederholte Monika verständnislos. »Aber warum denn?«

»Es ist schwer zu erklären, weißt du, aber...« Irmgard sah von ihrer Tochter fort.

»Wir lieben uns nicht mehr«, sagte sie dann.

Es war genau das Falsche; es war das, was sie nicht hätte sagen dürfen. Es war genau das, was Monika auch für sich als Erklärung in Anspruch nehmen konnte.

»Wir auch nicht mehr«, hörte sie Monika sagen.

Und jetzt wurde Irmgard bewußt, was Monika eben in der ersten, fast gestammelten Begrüßung gesagt hatte: »Ich lasse mich scheiden.«

»Aber Kind«, sagte sie, »das meinst du doch nicht im Ernst?«

»Doch, Mammi. Gerd und ich lieben uns nicht mehr. Wir lassen uns scheiden.«

»Und das scheint dir auch noch Spaß zu machen, wie?« fragte ihre Mutter.

Monika wurde rot, hob dann die Schultern. »Nein...«, erwiderte sie zögernd.

Irmgard beugte sich vor, starrte ihr ins Gesicht, als sehe sie ihre Tochter zum ersten Mal. »O doch, es macht dir Spaß«, wiederholte sie, »du gefällst dir in deiner Situation als nichtverstandene oder verlassene oder weiß der Himmel was für eine Ehefrau...« Und dann, sehr scharf: »Warst du schon bei einem Anwalt?«

»Ja, Mammi.«

»Bei wem?«

»Bei Herrn Honeck. Er hat meinen Fall übernommen.«

»Robert?« fragte Irmgard ungläubig.

»Ja«, sagte Monika. »Ich hab' ihm erzählt, daß Gerd mich vernachlässigt und geschlagen hat.«

»Ach so«, sagte Irmgard, »das hast du ihm alles erzählt?«

»Sicher. Er ist doch mein Anwalt...«

»Natürlich«, sagte Irmgard, »und du konntest damit noch nicht einmal warten, bis deine Eltern wieder zurück waren? Du konntest noch nicht einmal abwarten, bis du mit uns gesprochen hattest? Und anrufen, wenigstens anrufen konntest du uns auch nicht? Du mußtest alles selbst entscheiden? Du bist ja so erwachsen, nicht wahr? Du bist also plötzlich schon so erwachsen, daß du alle Entscheidungen allein fällen kannst?«

»Aber Mammi«, flüsterte Monika kleinlaut. Sie kroch in sich zusammen vor dem forschenden, durchdringenden Blick ihrer Mutter. »Ich wollte euch nicht schon wieder Kummer machen. Ich wollte selbst mein Leben in die Hand nehmen«, verteidigte sie sich dann.

»Das hast du sehr gut gemacht«, sagte Irmgard. »Wirklich, ganz ausgezeichnet. Dein Leben selbst in die Hand nehmen! Ich bin froh, daß dein Vater sich diesen Unsinn, den du mir da erzählst, nicht mit anhören muß.«

In diesem Moment klingelte das Telefon.

»Ach, das ist sicher wieder diese Frau aus Berlin«, sagte Monika schnell, »die hat schon ein paarmal angerufen. Die war komisch – die wollte nur dich sprechen.«

Monika sprang, sichtlich erleichtert über die Unterbrechung, auf, lief zum Telefon und nahm den Hörer ab.

»Hier Jacobi – Ja, einen Augenblick.«

Sie nickte ihrer Mutter zu. »Da ist sie wieder. Komisch,

nicht? Dabei hatte ich ihr doch gesagt, daß du in Hamburg bist.«

Sie blickte ihre Mutter verständnislos an, die langsam aufstand, langsam herüberkam, Schritt für Schritt, mit einem Gesicht, aus dem alle Farbe gewichen war.

Irmgard nahm ihr den Hörer ab.

»Irmgard Jacobi hier.«

Monika war auf die Schreibtischkante gerutscht, hatte die Beine übereinandergeschlagen und die Hände um die Knie geschlungen.

Wirklich komisch – da rief diese Frau aus Berlin jetzt schon zum fünften oder sechsten Mal an, obwohl sie, Monika, ihr doch erzählt hatte, daß ihre Eltern verreist waren. Woher konnte sie wissen, daß ihre Mutter in dieser Nacht zurückkehren würde?

»Ja –«, sagte Irmgard in den Hörer. »Ja, ich habe verstanden... Ja, ich werde kommen.« Dann legte sie den Hörer auf, wollte es tun, aber er rutschte ihr aus der Hand und schlug herunter, pendelte an seiner Schnur, klackte dumpf gegen die Wand des Schreibtischs.

»Mammi«, flüsterte Monika. »Mammi, ist etwas passiert?«

Sie sah erschreckt in das zerfallene, um Jahre gealterte Gesicht ihrer Mutter.

»Mammi«, schluchzte sie angstvoll.

»Dein Vater ist verunglückt«, sagte Irmgard. »Dein Vater ist tot.«

Sie drehte sich um, ging aufrecht aus dem Zimmer.

Monika saß regungslos, lauschte auf die Schritte ihrer Mutter, als sei es das einzig Wichtige, was jetzt zu tun sei.

Die Schritte gingen die Treppe hinauf, oben über den Flur. Eine Tür quietschte – die Schlafzimmertür ihrer Eltern. Dann war es still.

Und jetzt erst begriff Monika, jetzt erst, als diese Stille über sie fiel, begriff sie, was ihre Mutter gesagt hatte.

Ihr Vater war verunglückt.

Ihr Vater war tot.

Ihr Pappi!

Sie konnte sich nicht bewegen, eine lange Zeit nicht. Sie konnte nichts tun. Sie spürte nicht einmal, daß Tränen über ihre Wangen liefen.

Und dann bewegte sie sich doch, langte nach dem Telefon, mußte ein paarmal neu ansetzen, ehe sie die Nummer richtig wählte.

Sie wartete.

Hörte dann seine verschlafene Stimme antworten.

»Gerd – komm – bitte – sofort – mein – Vater – ist – tot.«

Sie saß da und wartete, dumpf nur das eine denkend, daß es nicht wahr sein konnte, daß ihr Vater nicht gestorben sein durfte – ihr Vater doch nicht.

Als sie das Heulen des Motors von Gerds Wagen hörte, ging sie in die Diele, warf sich ihren Mantel über, öffnete die Haustür.

»Wo ist deine Mutter?« fragte Gerd. »Weiß sie es schon?«

»Sie ist oben.«

»Und du, wo warst du?«

»Hier unten.«

Gerd ließ sie stehen, rannte die Treppe hinauf.

Monika wartete mitten in der Diele auf ihn, stand da, starrte nach oben, bis er wieder erschien.

»Sie schläft jetzt«, sagte er. »Ich habe ihr eine Tablette gegeben.«

Er kam langsam, müde die Treppe herunter, legte den Arm um Monikas Schultern.

»Komm«, bat er, »leg dich auch hin. Du kannst jetzt nichts tun. Oder sieh nach Susanne.«

Sie schüttelte stumm den Kopf. Folgte ihm ins Wohnzimmer.

Gerd rief Martin an.

Er bestellte vier Flugkarten – ja, für die erste Maschine Wahn-Berlin.

Rief seine Mutter an, bat sie, das Büro der Vinca-Kosmetik zu benachrichtigen.

Monika hockte wieder auf der Couch, sah ihm stumm zu, wie er ruhig und selbstverständlich all das unternahm, was nun notwendig war.

»Machst du bitte einen starken Kaffee? Martin wird bald hier sein.«

Sie nickte, ging in die Küche.

Sie brauchte kein Licht mehr zu machen. Grau schien der Tag zum Fenster herein, ein grauer, schneeverhangener Januartag.

Als der Kaffee aufgebrüht war, brachte sie Gerd eine Tasse ins Wohnzimmer.

Monika bemerkte, wie blaß sein Gesicht war, blaß und mit einem Mal erwachsen. Sie sah es ganz genau.

»Bitte, trink den Kaffee heiß«, sagte sie.

Er nickte, trank, blickte sie über den Rand der Tasse hinweg an.

»Es ist nicht die Zeit – darüber zu sprechen«, sagte er, »aber wenn das nicht geschehen wäre – hättest du mich dann noch einmal angerufen?«

»Ich weiß es nicht«, erwiderte sie ehrlich. »Aber ich glaube, doch.«

»Ich wollte zu dir kommen«, sagte er, »morgen – heute, ich wollte dir sagen, dich bitten, laß uns neu anfangen.«

»Ja, Gerd«, sagte sie leise.

»Wir haben viel falsch gemacht.«

»Ja«, sagte sie fest.

»Es ist furchtbar, daß dies passieren mußte, daß dies erst uns zur Vernunft bringt.«

Sie nickte.

»Wir wollen vorsichtiger sein – mit uns, ich meine, mit unseren Gefühlen.«

»Ja.«

Er hob die Hand und legte sie an ihre Wange. Es war eine scheue, sehr zarte Geste.

»Bitte, hol Susanne«, sagte er. »Zieh sie an. Ich bringe sie zu meiner Mutter.«

»Ja«, erwiderte Monika leise. Und dann plötzlich, zum letzten Mal vielleicht, unsicher, ängstlich: »Du kommst doch zurück?«

»Ich wäre immer zurückgekommen«, sagte er und war ganz sicher, daß dies die Wahrheit war.